国をあげて行う結婚政策によって95%の相性から付き合い始めた魔導士と女騎士のお話

澤谷 弥

ill. 八美☆わん

eR
eロマンス ロイヤル

Contents

Characters

クリス・ローダー（27歳）

有力な伯爵家の令息で魔導士団副団長。家良し・顔良しの天才魔導士だが、基本他人に興味がなくコミュニケーション能力は低め。規格外の魔力量の持ち主のため、交わった相手の体に負担をかける恐れがあり結婚は諦めていたが、結婚政策でフローラと出会い!?　甘いお菓子と珍しい魔導書が大好き。

フローラ・ヘルム（23歳）

第一王女護衛の魔法騎士。田舎の子爵令嬢で、父は元騎士。仕事はしっかりこなすが私生活ではNOが言えない押しに弱いタイプ。恋愛に執着はなく、恋人よりも仕事を優先したため別れることに。結婚政策のテストケースとして抜擢され、周囲に押し切られる形でクリスとお付き合いを始めるが……!?

サミュエル（27歳）

警備隊所属の騎士。フローラの元カレだがプロポーズをしフラれてしまう。自分本位でややだらしのないイケメン。

アダム（33歳）

騎士団長。フローラの直属の上司。独身。
がっちりとした見た目に反し、部下思いの苦労人。

ノルト（39歳）

世渡り上手なモテモテ魔導士団長。既婚者。
クリスの直属の上司だが彼にはなめられている。

ジェシカ（18歳）

フローラが護衛する第一王女。闊達な性格で恋バナ好き。隣国の王子との婚約が決まるが……。

プロローグ

「俺たち、そろそろ結婚しないか？」

唐突にサミュエルがそう言ったのは、フローラが寝台から抜け出しシャツを羽織（はお）ろうとしたときだった。

「え？」

驚いたフローラが深緑の瞳を大きく見開く。シャツの釦（ボタン）をすべて留める前に振り返ると、まとめていない銀白色の髪が揺れた。

彼は寝台に横になったまま、少し垂（た）れ気味の茶色の目でフローラを熱く見つめている。

「いや……俺たちも付き合って一年過ぎたじゃないか。俺もさ、昇進を控（ひか）えているから。結婚するならこのタイミングかなと思ってさ」

そう言った彼は、照れ隠しでもあるかのように汗で額に張りつく茶色の髪を払った。

「え、と……あの……」

釦に手をかけつつもフローラは固まった。

二十三歳の独身女性であれば、付き合っている彼氏から結婚してほしいなんて言われたら、本来なら喜ぶところだろう。だけどすぐに「はい」と返事ができないのは、以前サミュエルから言われた一言が原因だ。

――結婚するなら、仕事を辞めてほしい。

「え、と……一応、確認だけど。結婚したら、仕事は……」

「うん。辞めてほしい。あんな危険なところに君を置いておけないから」

サミュエルがフローラの身を案じてくれているのは、わかる。

フローラも彼と同じく騎士団に所属する身。サミュエルは王城内や王都内の警備を主とする警備隊の所属だが、フローラは要人の護衛にあたる近衛(このえ)騎士隊の所属であり、この国の第一王女ジェシカの専属護衛を務めている。

護衛対象者の命を守るために、身体(からだ)を張ることだってある。それだけ危険な仕事であるとわかっているし、それを否定するつもりもない。

「でも……」

本音を言えば、フローラは仕事を辞めたくない。どころか仕事が好きだ。女性でこの職に就いている者は少ないが、やりがいは感じている。

それに、フローラはただの護衛騎士ではなく、魔法騎士とも呼ばれる魔法と剣術の両方に長(た)けている貴重な存在でもある。

フローラだってこの仕事を始めてまだ三年。三年で結婚して仕事を辞めるとなれば、後に続く女性の後輩たちへどのような影響があるのかも気がかりだった。

「もう少し、考えさせてください……」

フローラは中途半端にしていた釦を、ゆっくりと留め始めた。

◆

「クリス様。どうか私と結婚してください」

薬草園に薬草の様子を見に来たところ、くすんだ茶色の髪をなびかせる令嬢につきまとわれた。

クリスはその令嬢に近づき、右手でがっしと彼女の顎(あご)を摑(つか)む。二人の距離は縮まるが、そこに甘い雰囲気など一切ない。

「どの口がそのようなことをおっしゃるのでしょうか?」

鋭く令嬢を睨(にら)みつける。このような場面でも普段の口調を崩すことはない。感情任せに言葉を発すれば、相手にその感情を読み取られてしまうからだ。

一方の令嬢は、キラキラと瞳を輝かせてクリスを見上げる。

「家柄、容姿、能力。どれをとっても、クリス様に釣り合う人間は私の他にいないと思うのです!結婚が無理であれば、せめて一夜だけの甘い夢でも……」

これだけ冷たくあしらわれても、少しも怯むことのない根性は見上げたものだ。

クリスが結婚やら交際やら一夜の夢やらを迫られたのは、何も今回が初めてではない。国家魔導士として魔導士団に所属し、若くして副団長を務めていて見目も麗しい彼は、年頃の令嬢たちの憧れの的だ。

長い髪には魔力が宿ると言われ髪を伸ばしている魔導士が多い中、鬱陶しいという理由でばっさりと切っている黒い髪。澄んだ湖のような青い瞳は神秘的でどこか人を寄せ付けない。身長は高くすらりとして、中性的な仕草を見せながらもどこか男を感じさせる体躯は魅力的で、その腕に抱かれたいと願う女性は数多い。

「残念ながら、あなたには私の子を孕むだけの魔力はありません」

ご存じですか？　とクリスがその手を緩め令嬢を突き放せば、勢い余って彼女は地面に尻餅をついた。

それをまるで意に介さず、クリスは美しい瞳で無表情なまま見下ろす。

「魔力を持つ者の交わりは、お互いに精を放出すると同時に魔力を放つのです。魔力のない者はその魔力に引きずられ、生命力を放出する。あなたのように魔力のない者が、私のような魔力の強い者と交われば、一発でその生命力が枯渇します。つまり、どちらかが精を放出した途端、あなたが死んでしまうのは目に見えておりますが、それでもよろしいでしょうか？」

精の放出。男性であればわかりやすいが、女性であれば絶頂を意味する。だから、彼女がクリスと性交すれば死ぬということを遠慮なく口にしているのだ。女性は絶句する。

「冗談だと思っていらっしゃるのですか？　他の方に確認してもらってもかまいませんよ。ですが、あなたは間違いなく死にますよ？　私はそれでもいいのですが……ただ、死因が腹上死。そう、伝えられるかもしれませんね」

クリスがふふふふ……と不気味に笑い出す。

顔を強張らせたままクリスを見上げた令嬢は、ゴクリと喉を鳴らして唾を飲み込んだ。

「そのような覚悟がないにもかかわらず、私と結婚したいだなんて。考え直したほうがよろしいのでは？　視界に入るのも不快です。さっさと私の前から消えてください」

クリスは彼女を見下ろし、さらに妖艶な笑みを浮かべた。

「あ……ご、ごめんなさい」

くすんだ茶髪の令嬢は、地面についたお尻をなんとか持ち上げて、すぐさまその場から逃げ去った。

◆

大陸の中央に位置するデトラース国。

人々の生活は、魔法を使う魔導士と剣を振るう騎士らによって、魔獣から守られている。

魔獣とはその名の通り、魔力を備えた獣のこと。魔力のない普通の獣よりも知性が高いため、人の住む場所に侵入されてしまえば、その討伐には騎士や魔導士たちの力が必要となる。

デトラース国は広大な農地と鉱石や魔石が採掘できる鉱山を所有しており、近隣諸国とはそこから生じる産物を使った友好な関係が築かれていた。

ただ困ったことに、隣国のアリハンス国とはアリーバ山脈によって分断されているため、簡単に行き来ができない。だからといって、決して敵対しているわけでもなく、関係は良好である。

そのデトラース国の王城にある広い会議室では、緊張した面持ちの重鎮たちが顔を連ねていた。

「由々しき事態だ……」

重々しくその言葉を口にしたのは国王である。四十歳を過ぎた彼は、王族の証(あかし)である紺青の髪にもちらほらと白いものが混じりつつある。髪と同じ色の髭(ひげ)に手を添え、言葉を続ける。

「我が国の魔導士団及び騎士団をはじめ、全体的に婚姻率が下がっている……となれば、自然と出生率も下がる」

はぁ、と大きくため息をつき、両手で顔を覆う。

「これでは、魔導士や騎士の血を継ぐ者たちが途絶えてしまうし、少子化にも繋(つな)がるだろう……」

「陛下(へいか)」

声をあげたのは宰相(さいしょう)。

「やはりここは婚姻率の低下と少子化に歯止めをかけるための政策を周知させ、施策を行うべきではないでしょうか」

「施策？　どのような？」

すかさず国王が尋ねた。

「強制婚……」

「それは反対です」

教育担当大臣の『強制婚』という言葉に手を挙げたのも宰相だった。

「強制的に結婚をさせても、二人の間に愛情が生じなければ長続きしません。そうなれば二人の間の子も望めない。仮に子を授かったとしても、愛情がなければどうなるのかということを考えていただきたいものです。子を授かってしまえば、それは夫婦二人だけの問題ではない。子どもの人生にも大きく影響します」

「やはり、必要なのは愛情か」

国王がぽつりと呟く。国王だって政略によって結婚したようなものだが、だからといって王妃を嫌っているわけではない。むしろ愛している。政略結婚でも愛情は生まれるといっても過言ではない。

「……ならば、出会いの機会を設けるというのはいかがだろうか」

国王の意見は自身の経験に基づくものだ。

「出会いの機会。つまり見合い？　ということでしょうか？」

財務大臣が周囲の様子をうかがいながらも言葉を続ける。

「ですが、見合いをしても失敗している者たちも数多く見てきています。特に、騎士団と魔導士団に所属する者たちは……」

見合いは出会いのきっかけ。でもそのきっかけから結婚にまでたどり着く者たちは数少ない。お互いを知るうちにどこか目に余るところが出てくる。それらに片目を瞑（つむ）っておけばいいものの、しっかりと両目を見開いて指摘し始める。

特に騎士団と魔導士団に所属するような者には、そういった傾向が強いようだ。客観的に見ても、一般的な見合いより失敗している確率が高い。

「ならば、最初からある程度、相性のよい者同士を見合いさせたらどうだろうか」

国王が顎髭を撫でながら口にした。

「例えば、どのように？」

すかさず宰相が尋ねる。その『どのように』が重要なのだ。

「そうだなぁ。例えば、性格や趣味などを把握して、それらが合いそうな人間同士をくっつけるとか……」

国王はうんうんと唸（うな）りながら、苦し紛れの発言をする。

「統計学を使うのはいかがでしょうか」

環境大臣が声をあげる。

「騎士団、魔導士団に所属する者たちにいくつかの質問を行い、その答えによって相性を数値化します。その数値の高い者同士をお見合いさせるというのはいかがでしょう」

「そのようなことができるのか？」

紫眼をかっと見開き国王は尋ねたが、あまりにも興奮して腰を浮かしてしまったようで、椅子がカタンと音を立てた。それだけ環境大臣の案は画期的だった。

「可能か不可能かでいえば、可能かと。ただ今回はお互いの『愛』が重要であることを考えますと、統計学だけでは不十分であると判断します。更に心理学の専門家の意見も聞いたほうがよいかと」

「なるほど。その統計学に可能性があるのであれば、それを試してみよう」

——こうして、国王の決定により、国をあげて相性率を数値化しその二人お見合いさせるという施策が始まった。

対象は魔導士団と騎士団に所属する者、男女比のバランスから女性に限っては城内で働く者たちにまで対象を広げられた。

そうやって集められた彼らは、数枚の用紙とペンを配布され、四百九十五もの質問に答えたのだった。

第一章　九十五パーセントの出会い

フローラはなぜ自分がここに呼び出されたのか、その理由がわからなかった。

その日の仕事を終え、騎士の間を出たところで宰相に呼び止められた。どうやら彼は、フローラが仕事を終えるのを待っていたようだ。

「話があるからちょっと付き合ってほしい」と言われてしまえば、フローラには断る理由もないし、権利もない。

だから宰相の言葉に従ったものの、このような華やいだ部屋に連れてこられるとは思ってもいなかった。

今座っている長椅子だって、金糸銀糸による細やかな刺繍が施された凝った造りのものだ。見上げれば天井からは豪奢なシャンデリアがぶら下がっている。仕事で何度か足を運んだ部屋ではあるものの、フローラ個人として利用したことはない。

この部屋は国内外の要人を接遇する部屋だと記憶している。

任務後の汚れた騎士服の姿のまま、勝手に入ったのであれば処罰の対象かもしれないが、今回は宰相に誘われてこの部屋に入った。となれば、なんのお咎めもないはず。

そう理解はしているものの、気持ちは先ほどから落ち着かない。さらに隣からは威圧を感じる。

フローラは、ちらりと横目で隣に座っている男性を見る。横から見れば、そのまつげの長さにまず目を奪われる。鼻梁もすっと通っており、横顔だけでも整った顔立ちであるのがよくわかる。

そんな彼は、その姿を見れば泣く子も黙ると言われている、魔導士団副団長を務めるクリスだ。彼の姿を見た者は、赤子でもその美しさに見惚れ身動きできなくなるらしい。

フローラも彼がいる左側半身に変に緊張が走ってしまい、身体を動かしてはならないようなそんな気分になっていた。

「待たせて申し訳ない」

その言葉と共に部屋に戻ってきた宰相は、侍女にお茶を用意するように命じる。

「前の予定が押しているようで。すまないが二人で話でもして待っていてくれないだろうか」

そう言ったところでお茶とお菓子が目の前のテーブルに並び始めたものの、宰相本人は再び部屋から出ていってしまった。

フローラは困惑した。

誰を待てばいいのだろうか。宰相が戻ってくるのを待てばいいのだろうか。

いや、彼は恐ろしいことに『二人で』『話でもして』待つようにと言ったのだ。つまり、フローラとクリス。この二人と考えていいだろう。

しかしクリスはフローラを認識していないかもしれない。彼から見たら、見知らぬ女が隣にいるというだけに違いない。

恐れ多いことではあるが、根が真面目なフローラには宰相閣下からの『任務』を断るという選択肢はない。

「あの……」

フローラは顔をあげ、隣に届くか届かないかそんな小さな声をかけた。

だからクリスも、隣に座っている見知らぬ女性が何か言いたがっていると察してくれたようだ。

彼はゆっくりと顔を向け、その深い青い視線がフローラの顔を捉えた。

「わたし、騎士団の近衛騎士隊に所属しております、フローラ・ヘルムと申します」

クリスは何も言わなかった。じっとフローラを見つめてから、視線を前に戻す。

きっと彼はフローラに興味がないのだ。フローラもクリスに向けていた視線を、目の前のお菓子へと移した。

「私は……」

そう声が耳に入り、フローラは慌ててクリスに視線を戻したが、彼は真っすぐ前を向いたままだ。

「魔導士団副団長を務めるクリス・ローダーです」

彼が答えてくれたことに、ほっと胸をなでおろす。これでなんとか会話の糸口が見つかった。

「はい。存じ上げております。ローダー副団長は有名ですから」

「有名？　私が、ですか？」

クリスがゆっくりと顔を向けて、フローラの顔を見据える。

「はい」

フローラは静かに頷いた。失礼なことは口にしないようにと、頭の中で必死に考える。

「フローラ嬢は……」

いきなりクリスから下の名前で呼ばれ、ドキリと心臓が跳ねた。

「甘いお菓子は好きですか？」

そう言った彼は、テーブルの上に並んでいるお菓子をじっと見つめている。

「はい。好きです」

フローラはためらいなく答えた。

「私も甘いお菓子は好きです。似合わないかもしれませんが」

クリスが甘いお菓子が好きだというのは、似合わないというより意外である。

「わたしはお菓子を作るのも好きです。似合わないかもしれませんが」

なぜかフローラはそう答えていた。

クリスは驚いたのか、またフローラに顔を向けた。

「フローラ嬢は、お菓子を作ることができるのですか？」

「あ、はい。作るのは好きです。それが美味しいかどうかは、自信がありませんが」

少しだけ謙遜気味に答えた。

何度か恋人に作ってみたものの、あの人はそれを義務であるかのように食べていた。美味しいとも不味いとも、何も言わなかった。

クリスは何か言いかけようとしたが、そこで会話が終わってしまったのは、部屋の扉が勢いよく開いたからだ。

「二人とも。待たせて悪かった」

朗らかな声と共に入室してきたのは、国王だった。

驚いたフローラはすぐにその場で立ち上がり、礼をとった。

それに引き換え、クリスは優雅にお茶を飲んでいる。

相手が国王であろうが態度を変えないクリスに、フローラは内心ひやひやしたものの、彼の噂を思い出す。

目上の者にも物怖じしない。ずけずけと意見を言う。とにかく態度が悪い。

しかしその見た目と頭脳と口調で、誰からも一目置かれる存在。いや、騙される者も多数。そんな噂だ。

「まあまあ、フローラ嬢。座りなさい」

後から入ってきた宰相は広げた両手を上下に振りつつ、フローラに再び座るようにと促す。その言葉に従い、長椅子に浅く座った。

国の最高権力者からわざわざ呼び出されるだなんて。フローラの背中に嫌な汗が流れる。自分の職務は第一王女の専属護衛だが、もしやなにか粗相でもあったのだろうか。

そんなフローラの心配をよそに、国王と宰相はニコニコと笑みを浮かべながら、フローラとクリスの対面の長椅子に腰を下ろした。音も立てずに侍女がやってきてお茶を淹れると、フローラの冷め切ったお茶も交換してくれた。

「そなたたち二人がなぜここにいるのか。それを説明しなければならないな」

身を乗り出しておもむろに口を開いた国王だが、やはり微笑んだままだ。

フローラはゴクリと生唾を呑み込んだ。

「まず、この国の現状について説明をしなければならない」

突然、国王がそんな話をし始める理由が、フローラにはまったくわからなかった。けれど、こうやって話が始まってしまった以上は、最後まで聞かなければならないだろう。

「実は今、騎士団と魔導士団に所属する者たちの婚姻率が著しく低下している」

それはフローラも聞いたことがある。

「結婚するもしないも本人の自由だから強制はできないのだが……。まぁ、結婚しない男女が増えるとなると一つ問題がある」

国王がそこで右手の人差し指を立てた。

「子孫の繁栄。特に騎士団、魔導士団に所属する者たちの優秀な遺伝子を引き継ぐ子が生まれない。

そこで、国として何か対策できないかを考えた。それが先日、そなたたちにも行った四百九十五の質問である」

フローラはそこではたと思い出す。

同僚らと一緒に騎士棟のとある一室に押し込められた挙句(あげく)、大量の質問が書かれた紙を渡されてひたすら答えていったことを。その後、よくわからない専門家と呼ばれる人たちと面接したことを。

「その四百九十五の質問から、趣味嗜好(しこう)、考え方などの、相性のよい男女の組み合わせを作ろうと考えた」

クリスがピクリと反応した。ここまできたらフローラだってなんとなくその先の展開を予測できる。

「その結果。クリス・ローダー、フローラ・ヘルム。そなたたちの組み合わせが相性率九十五パーセントという驚異の数値を叩(たた)き出した」

「え？」

思わず身を震わせたフローラは、膝がテーブルの縁に当たってしまった。その上にあった食器類がカチャリと音を立て、お茶の表面が波打つ。

「申し訳ございません」

両手で口を覆いながら謝った。

「フローラ嬢が驚くのも無理はない」

宰相のさりげない一言が、フローラの心を救う。

国王は宰相に顔を向け、続けてもいいかと視線で訴えると、宰相は無言で頷いた。

「一般的にこの相性率の数値だが、婚姻関係が続く男女でさえ六十パーセントが平均であると言われている。そのなかで九十五パーセントという数値がどれだけすごいかということは、理解してもらえると思うのだが」

「ちなみに、国王陛下夫妻は平均より高い八十パーセントでした」

宰相がすかさず補足するが、国王もまんざらでもなさそうだ。さらに続けると、宰相夫妻は平均値の六十パーセントとのこと。

「あの……発言してもよろしいでしょうか」

右手を小さくあげ、フローラは発言の許可を取る。

「ああ、この場では堅苦しいのは不要だ。私の話に質問などがあったら、どんどん口を挟んでもらってかまわない」

そう言われても、フローラも一応、常識というものは弁えている。

しかし隣のクリスはどうかわからない。ちなみに彼は、話を聞いているのかいないのか、今ものほほんとお茶を飲み、好きだと言っていたお菓子を食べていた。

それを見て見ぬ振りをして、フローラは口を開く。

「ありがとうございます。では、わたしとローダー様は結婚しなければならないのでしょうか？

その……わたしのような人間がローダー様にふさわしいとは思えないのですが」

魔導士団でも屈指の美貌と魔力を持つクリスの噂は、世情に疎いフローラの耳にさえ入ってくる。

だが、それとは逆にフローラは噂になるような騎士ではない。女騎士は珍しくはあるが、とびぬけた容姿でもないし、近衛騎士ではあるものの役職的にはただの下っ端騎士。

変わり者ではあるクリスだが、女性からの人気はすこぶる高いとも聞いている。自分がそんな彼にふさわしい人間であるとは、到底思えない。

「結婚しなければならないというわけではない。ただ、そなたたちはものすごく相性がいい。だから、二人で将来のことを考えてみてはどうか、という提案だ」

国王は真顔で答えた。

「とりあえず」

今までの表情とは一変し、国王はそこでパチンと両手を合わせる。

「二人とも、付き合ってみたらどうだ？」

一瞬で雰囲気ががらりと変わり、国王がただの世話好きおじさんに見えてきた。

「ですが……」

それでも言い淀むフローラに、宰相が口を挟む。

「もしかして、フローラ嬢にはお付き合いしている殿方でもいらしたのか？」

そして必死に言い募る。

「だが、フローラ嬢と相性がいいのはクリス・ローダーだ。悪いが、もし付き合っている殿方がいたとして、さらにその相手と結婚したとしても、その結婚は長続きしない」

「あ、いえ。付き合っている人はおりません。ちょっと前に別れましたので」

「別れたのか？　相手は!?」

別れ話に腰を浮かしてまで食いついてきたのは、やはり国王だった。

しかも別れた相手がどのような人物であったのかまで気になるらしい。恋バナ好きの女性同僚のような反応だ。

何も隠す必要はない。過ぎたことだし、騎士団の間でも一部では噂になっている話でもある。

「同じ騎士団の人間です」

「騎士かぁ」

国王は長椅子の背もたれに大きく寄りかかり、額に右手の手のひらを押し当てた。

「どうやら騎士同士の婚姻率が低いというのは本当のようだな」

そう呟いた言葉は、しっかりとフローラの耳にも届いていた。だがそう言われて、なぜか申し訳ない気持ちになってしまった。

「私はかまいませんよ」

突然、隣から涼やかな声が聞こえてきた。

驚いたフローラは思わず隣に顔を向ける。

「フローラ嬢さえよければ、交際をいたしましょう」

すっかりお茶を飲み干し、お菓子も食べ終えたクリスは、ニコリともせずにそう言った。セリフにまったく似つかわしくない表情だ。

「ローダー様……!?」

フローラはおろおろしながら彼を見上げる。いくら国王直々の提言だからと言って、そんなに簡単に引き受けていいのだろうか。それとも噂とは違い、彼は任務に忠実な人間だったのだろうか。

クリスはフローラに向き直る。

「フローラ嬢。どうか、私のことはクリスとお呼びください。これから晴れて恋人同士になるのですから。私もあなたをフローラとお呼びしても？」

「は、はい……問題ありません」

勢いに負けて承諾の返事をしてしまった。

「どうだね、フローラ嬢。クリスが我々の言うことを素直に受け入れるとは本当に珍しい。天変地異の前触れかもしれない。だから、お付き合いを通して結婚を考えてみてもいいのではないか？ダメだと思ったら、もちろん別れてもらっても全然かまわない」

世話好きおじさん、もとい国王が、ニコニコと笑いながら言った。

「あ、はい。でも……以前、お付き合いしていた方とも、結婚の話は出たんです」

やはり、元彼の件は伝えておくべきだとフローラは判断し、口を開いた。

「なぜ、それを断ったのだ？」

尋ねてきたのはまたも宰相だ。フローラは膝に置いた手をぎゅっと握る。

「その……結婚したら仕事を辞めてほしいと、彼から言われましたので。できれば……私は結婚しても仕事を続けたいと思っております……」

サミュエルにはそう望まれ、フローラは彼と別れる決意をした。

フローラは今の仕事が好きだ。だがこの国では働く女性は少ない。さらに結婚したら仕事は辞めて、家庭を守る者が多い。

……だからきっと、クリスもフローラの考えを知ったら意見が変わるだろう。

そう思っていたのに。

「問題ありません」

淀みなくクリスが答える。

「素晴らしい。結婚しても騎士としての仕事を続けたいと思えることは、それだけその仕事に誇りを持っているということですね。私も精一杯、応援させていただきます」

フローラはぽかんと彼を見上げてしまった。

「えっと……クリス様は、わたしが結婚しても騎士を辞める必要はないと、そうおっしゃっているわけですか？」

「その通りです。逆に、なぜ辞める必要があるのです？」

クリスはフローラを見て大きく頷いた。

「フローラは今の仕事が好きなのでしょう？　むろん、私との子を授かった後も仕事を続けてもらってかまいません。子は然るべき人にみてもらえばいいのです。もちろん、私の子でもありますから、私もみますけれど」

「子ども……」

そう呟いたフローラは顔中を真っ赤に染め上げた後、耳とうなじまで赤くした。

「なんと。フローラはとても可愛らしい女性ですね」

クリスが満足そうに笑えば、国王と宰相もうんうんと頷き合い、笑みを浮かべる。

この場で笑えていないのはフローラだけだ。

「では、二人は結婚を前提に交際を始めるということでいいかな？」

国王が強引に話をまとめる。

クリスは嬉しそうに「はい」と返事をしたが、フローラは消え入るように「はい……」と小さく答えた。


——これにより、フローラとクリスは国の施策に則って付き合いを始めたという話が、一部関係者に速やかに伝えられた。

その一部関係者には、もちろん二人が所属する騎士団や魔導士団の幹部らも含まれる。

フローラが宰相から呼び出され、クリスとお試し交際をしてみると返事をしてから五日ほど過ぎようとした頃、今度は騎士団長のアダムに呼び出された。

ちょうど仕事を終え次の騎士と交代したとき、帰る前に団長室に寄ってほしいと言付けを受けたのだ。

フローラの近衛騎士隊は騎士団に属し、アダムという騎士団長が統括している。年は三十三歳で、フローラが近衛騎士になった時から何かと気遣ってくれている、頼りになる兄のような存在だ。

茶色の髪を後ろに撫(な)でつけたアダムは、榛色(はしばみいろ)の目を細くして眉間(みけん)にしわを作り、腕を組んで座っていた。

フローラは、そんな見るからに不機嫌そうなアダムと、立派な執務机を挟んで向かい合うようにして立つ。

「フローラ。なぜ君が今、ここに呼び出されているか、わかるか？」

「いえ。心当たりはございません」

「フローラ。君はあの魔導士団副団長のクリスと交際を始めたと聞いたのだが」

言葉を発するたびに、なぜかアダムの眉間のしわは深くなっていく。それに同調するかのように、フローラの頬は薄紅色に染まる。

「あの……団長はそのお話をどこからお聞きになったのでしょうか？」

「あぁ。宰相が直々に伝えにきた。だから驚いた」

会議の場で公にされたのかと思っていたフローラは、伝達係のように宰相自らがこそこそ動き回ってくれていることに驚いた。

「そうですか……聞かれたのですね。わたしとクリス様の関係を……」

関係と自分で口にしておきながらも、なぜか恥ずかしくなる。

「フローラ。こう言ってはなんだが……俺が記憶しているかぎりでは、君は警備隊長のサミュエルと付き合っていたのではないか？」

そう問われ、肩がピクリと跳ねた。

サミュエルと付き合っていたのは事実だが、その関係には終止符が打たれた。だからって「わたしはサミュエルと別れました」なんて、大々的には公表していない。まして結婚目前と噂されていた二人なのだ。サミュエルだって言いふらすタイプでもない。

「あの……サミュエルとの関係は終わりましたので」

「終わった？」

アダムは机の上に両手をパンとついて立ち上がる。その行動がフローラにとっては予想外だった。

「あ、すまない。怒っているわけではない。驚いてしまっただけだ。てっきり結婚するものだと思っていたからな……。久しぶりの騎士同士の結婚式……だから……って、そういうことじゃない」

そこでアダムは勢いよくかぶりを振った。

「駄目になった理由を聞いてもいいか？　今後のために」

「えっと……サミュエルからは結婚したら仕事を辞めてほしいと言われまして……」

「辞めるのか？」

またもずいっと身を乗り出すアダムに、フローラは身を引く。

「いえ、辞めません。サミュエルとは終わっておりますから」

「ああ、すまない。君が仕事を辞めるとか言い出すからまた動揺してしまった」

そこで落ち着いたのか、アダムは座り直した。

「それで？　それが原因でサミュエルと別れたのか？」

「はい。サミュエルは妥協してくれるような人ではありません。わたしのほうから、別れましょうと言いました」

フローラがサミュエルと付き合い始めたのは、彼から告白されたのがきっかけだ。

同じ騎士団に所属し、何度か顔を合わせたことがあった。そんな彼から「好きだから付き合ってほしい」と言われ、なんとなく断れずに流されて付き合い始めた。付き合えば彼のことをもっと知って好きになれるかもしれない、とも思った。

あの一言がなければ、心の中に不満をため込んだまま結婚していただろう。だけど、どうしても「仕事」だけは譲れなかった。

アダムはフローラを見定めるかのように視線を素早く上から下へ、下から上へと走らせた。

「本音を言えば、君たちはお似合いだと思っていたよ。なにより、同じ騎士団の人間同士だからな。それなのに、あのクリスに奪われるのかと思うと……」

なぜかアダムはこめかみをひくつかせる。

「まぁいい。だが、そういった理由でサミュエルと別れたのであれば、クリスと付き合っても無意味なのではないのか？　その……君たちは結婚を前提に付き合っているのだろう？」

「はい。ですが、クリス様は結婚しても仕事を辞める必要はないとおっしゃってくださいましたので……」

彼の言葉を思い出し、フローラの頬は熱くなった。それはクリスの言葉が嬉しかったからだ。

もういいとでも言うように、アダムは右手をひらひらと振る。それは彼なりの何かのけじめのような行為にも見えた。

「状況はわかった。それで、あのクリスとはどこまでいっている？　すぐにでも結婚するという話になっているのか？」

「あの……どこまで、というのは何を？　まだどこにも行ったことはありません。その……クリス様とは一度しかお会いしたことがありませんので」

「一度？　まだ、たったの一回しか会っていないのか？」

またアダムは、ずずいっと身を乗り出してきた。今度は立ち上がらなかっただけマシだったのかもしれない。

「はい。五日ほど前、初めて顔を合わせただけです」

だからか、とアダムが小さく呟いたのをフローラは聞き逃さなかった。

「とにかく、だ。フローラ、君の仕事が休みの日はあのクリスも仕事が休みのはずだ。むしろ、そうなるよう調整が入っている」

「そうなんですね？」

サミュエルと付き合っていたときも、休みが合わない日なんて幾日もあった。

それなのに、毎回、クリスと同じ日に休暇というのであればなんらかの力が働いたのだろう。

「だ・か・ら！　仕事が休みの日は、できるだけあのクリスと過ごすように！」

「それは、団長からのご命令ですか？」

いや、とアダムは大げさに首を横に振る。

「俺からの命令ではない。宰相からの言葉を借りると、陛下からの命令だ」

やはりフローラは「はい……」としか返事のしようがなかった。

それよりも、アダムがずっとクリスを「あの」クリスと呼んでいることのほうが気になった。


それから四日後。

フローラは彫刻噴水の前で人を待っていた。

この噴水は王都キシュレーに住む者であれば知らない者はいないと言われるほど、昔からある象徴のような存在だ。初代国王と彼に近しい人々が抽象的に噴水の壁面に象られている。また、王城へと続く大通りのど真ん中にあり、ここを中心に道が四方へと別れるのだ。

先ほどから、噴水は一定の時間になると高く水を噴き上げていた。

フローラの待ち合わせの相手は、もちろんクリス・ローダーである。

いつの間にか今日の予定が決まっていた。

もちろんその予定は「クリスと会う」こと。

アダムにはああ言われたものの、フローラはクリスがどこに住んでいるかも知らない。連絡を取ろうにも連絡先がわからない。

サミュエルとのように仕事中にすれ違ってとか、休憩中に会いに行ってとか、そういう手段も取れないため、会いましょうという連絡すらできない。

となれば、フローラとクリスを取り巻く者によって、そういった伝達が行われるしかない。

昨日の休憩中、アダムから「明日の午前十時、彫刻噴水前で待ち合わせ」と伝言を受けた。理由を尋ねれば「あのクリスと会う」ためだった。どうやら彼がフローラに会いたいらしい。

慣れない場所にいるせいか、どこか気持ちがそわそわしている。

サミュエルと付き合っていたときは、こうした外出をしたことがなかった。

彼とは、いつもどちらかの家で過ごす時間が多かった。どっちという決まりはないものの、あっちの家に行ったりこっちの家に来たりと。

だけど、彼の最終的な目的はいつも同じなのだ。一夜を過ごしてだらだらとするだけ。だからプロポーズもいつものだらだらの後だった。

「お待たせしてしまって、申し訳ありません」

その言葉と共に時間ピッタリに姿を現したクリスは、白いシャツに紺のジャケット姿だった。いつもの魔導士用のローブは着ていない。その辺を歩いていても、違和感のない格好だ。だが顔立ちだけは、今日も十人いれば十人みんな振り返るくらい美しい。

フローラもクローゼットの中で一番お気に入りの珊瑚色のワンピースを選び、その上に丈の短い黒い上着を羽織ってきた。仕事中は高い位置で一つに結わえている髪の毛もハーフアップにし、普段は使うことのない花のモチーフがついているリボンで止めた。言われたから来てみたものの、多少デートらしくという意識のためである。

でもそんなふうにささやかに着飾ってみても効果がないほど、やはり彼は息を呑むほどに美しい。本当に自分なんかが隣にいていいのだろうか。

「あ、いえ……わたしも今、来たところですから」

「いいえ。あなたは待ち合わせの時間よりも三十分早く、ここに着いていたはずです」

フローラはぎょっとする。

クリスに指摘された内容は事実。彼を待たせてしまっては悪いという思いと、デートという行為に気持ちが昂ってしまい、ぐるぐると悩んでいたら、待ち合わせの時間よりも早めに着いてしまった。だがしかし。

「どうして、それを？」

「私はあなたよりも十分前にこちらに来ていましたから。そして、あそこであなたの様子をじっと見ていました」

そう言ってクリスが指で示したのは、彫刻噴水の左側である。

クリスの言葉にフローラは目を見開く。そんなに長時間見つめられていたと急に知らされ、首のあたりが熱くなるのを感じた。

「そうだったんですか。気がつかなくてごめんなさい。クリス様が、いつもと服装も雰囲気も違うので……」

「いいえ。私もあなたに気づかれないようにと隠れていましたから」

隠れていた、という言葉が気になったが、それに触れていいかどうかがわからない。

「早くいらしているのでしたら、お姿も早く見せてくだされぱよかったのに」

「私を待っているあなたを見るのが、とても楽しくて嬉しかったもので……。つい時間を忘れてしまいました」

口元に笑みを浮かべながらも真剣な眼差しを向けられ、フローラはどぎまぎしてしまう。

「えっと、わたし。変ではありませんでしたか？　クリス様をお待ちしている間」

フローラは慌てて両手で髪の毛を整える仕草をする。

「いいえ。とても可愛らしかったです」

そう言われて、動いていた手はピタリと止まった。

「では、行きましょうか」

クリスがいきなり右手を差し出してきた。

「ど、どちらに？」

フローラは大きな深緑の瞳をさらに大きくする。

この場でクリスと待ち合わせをしろとアダムから聞いてはいたものの、その後のことは何も言っていなかった。

「どこか、行きたいところはありますか？」

クリスは差し出した手を引くようなこともせず、尋ねた。フローラはおろおろと答える。

「ごめんなさい。誰かと二人きりで出かけることが初めてで。どこへ行ったらいいのか、どこへ行きたいのかも、まったくわからないのです」

そしてこのように手を差し出された経験もなく、この手をどうしたらいいのかもわからない。

「そうですか」

ふむ、とクリスは唸（うな）った。

「では、今日は私の行きたいところでもよろしいでしょうか」

「はい。是非ともお願いします」

「でしたら、手を取ってくださると私も非常に助かるのですが。あなたがこの手を取ってくださらない以上、私の手はずっとこのままです」

フローラはクリスの手をじっと見つめる。フローラがクリスの手を取ったら、どうなるかという結果を考えてみた。

「つまり、クリス様と手を繋ぐということでしょうか？」

「そうなりますね」

クリスは手をピクリとも動かさずに答える。

「どうぞ、遠慮なく。がっといってください」

促され、逡巡した後フローラは「失礼します」と言ってクリスの手に触れた。中性的な美しさの顔から思っていたよりも骨張っていて、大きな手だった。

「フローラの手は冷たいですね」

「緊張してしまって」

二人は手を繋いだまま、並んで歩く。

これから真上に上がってこようとする太陽はやわらかく輝き、空には雲一つない。透き通るような青空が、見える限り続いている。

動き始めた休日の街には、ちらほらと人が行き交う。

「あ、あの……今日はせっかくのお休みの日なのに、わたしのために時間を割いていただきありがとうございます」

「とんでもない。あなたに会いたかったので、私のほうからお願いしました」

「クリス様のほうから？」

てっきり国王の命令によるものだと思っていた。

「はい。楽しみで今日はいつもより早く目覚めてしまいました」

心なしかクリスの声は嬉しそうだ。

そこで、クリスが自分に歩調を合わせてくれていることに、フローラは気がついた。そもそもフローラは、こうやって男性と並んで歩いたことなど一度もない。

ふと以前の恋人を思い出す。二人で出かけても、サミュエルはいつもすたすたと前を歩いて先に行ってしまう。そうなれば目的地に先に到着するのは彼で、フローラがそこへ着いたときには「遅い」と文句を言うのだ。

それだって、一年間付き合った中でもほんの数回、買い物に行ったときのみ。それ以外は、フローラが一人で買い物へ行き、サミュエルは留守番という名の昼寝をしていた。

つまり、サミュエルとは数えるほどしか二人で外を歩いていないし、並んで歩いたこともない。

だからフローラは、クリスの顔をつい見上げてしまった。

クリスもこちらの視線に気がついたのか、目元をやわらげる。

「私の顔に、何かありましたか？」

「いえ……ただこうやってクリス様と並んで歩いていることが、現実なのだろうかと。そう思っただけです」

自分の隣を歩いてくれる男性の存在がどこか信じられない。

「一応、夢ではないようですね。この手を通して、あなたのぬくもりを感じていますから」

フローラも同じようにクリスの体温を感じ安堵する。それと同時になぜか胸の奥がツキンと痛んだ。サミュエルからこのようなあたたかさを感じたことなどあっただろうか。

すると、急にクリスが立ち止まった。

「着きました。ここです」

そこは町の一角にある、古い建物の前だった。

どんなお店かまったく想像がつかない外観だ。看板が出ているわけでもない。周囲の建物に馴染むコルク色の壁に、木の枝が不気味に絡みつく木枠のデザインだ。この木枠が来客を拒んでいるようにも感じた。

「どういったお店でしょうか？」

そう尋ねたときには、繋いだ手に力を込めたかもしれない。

「魔導書のお店です。フローラはこのようなお店に来るのは初めてですか？」

クリスは柔和な笑みを浮かべて見下ろしてくる。

「フローラなら気に入ってくれるのではないかと思って、こちらを選んだのですが」

「もちろんです。とても興味深いです」

それよりもクリスがフローラのために選んでくれたという言葉が嬉しかった。

クリスと手を繋いだまま、カランカランと入り口のベルを鳴らして中に入る。

「うわっ……」

図書館ともまた違う。人がすれ違うのもやっとのような狭い通路の両脇には、床から天井まで届くような棚がどっしりと並んでいた。

棚の中に詰め込まれている本の背はさまざまだ。金糸銀糸で華やかに飾られているもの、くすんだような文字が書かれていて、タイトルすら読み取れないようなもの。

「クリス様。これがすべて魔導書なんですか？」

フローラの声は、自分すら気づかぬうちに弾んでいた。

「そうです。この店は、あらゆる時代のあらゆる場所の、ありとあらゆる魔導書を取り扱っている珍しいお店なのです。さらに店主に認められなければ、この入り口の扉は開きません。そういった魔法がかけられています」

「そうなんですか？」

クリスは何事もなく入り口の扉を開けたように見えたのだが。

「この店にあるのは貴重な魔導書なんです。どうでもいいような人間に奪われたら困るでしょう？

ですから、店主が魔導書を守るためにこの店内に入るべき人間を見極めているのです」

「わたしが一人で来たら、このお店には入れなかったということですね」

「いいえ。今日、あなたはこの店に認められました。ですから問題ありません」

「クリス様と一緒だから入れたわけではなく？」

小首を傾げると、クリスは美しい顔に笑みを浮かべる。

「違いますね。もしあなたが認められなかったら、あなたと一緒にいる私もこの店に入ることはできませんでした」

理由はわからないが、認められたといわれて悪い気はしない。面映ゆい気持ちでフローラが下を向いたとき。

「やぁ、クリス」

店の奥からしゃがれ声をかけられた。

「なんだ、おまえさん。今日はいつもと別の客を連れてきたのか？」

ぬっと姿を現したのは、片眼鏡をかけ白い髭が特徴の、ローブをまとった年配の男性だった。

「しかも女か。天変地異の前触れか？　何があった？」

「師匠には紹介しておこうと思いまして」

クリスは片眼鏡の男性を師匠と呼んだ。それだけでも、彼らの関係はなんとなく想像できる。

「こちら。先日からお付き合いをさせていただいているフローラ嬢です」

「え？」

まさかこのタイミングで彼に紹介されるとは思ってもいなかった。名前だけでなく、二人の関係性まで。

だけど『恋人』であることを考えれば、冷静に対応したほうがいいだろう。

「フローラ・ヘルムと申します」

狭い場所ではあるが、できるだけ失礼にならないようにと頭を下げる。

男性はゆっくりと近づいてきて、クリスの前でぴたりと止まる。それは、クリスがそれ以上フローラに近づけないようにと、狭い通路を塞いでいるからだ。

それでも彼はクリスの肩越しにフローラを真っすぐに見つめてくる。

「ほう。面白い娘だな」

「師匠。あまり彼女を見つめるのをやめていただけませんか？　師匠の目で見られたら彼女が腐ります」

「腐る？　もしかしてそのような魔法をお使いになるのですか？」

フローラは怖くなって一歩下がる。さらに身を縮め、できるだけクリスの背後に隠れようとすれば、「違いますよ」とクリスが宥める。

「おまえさん。まさか、彼女と結婚するつもりなのか？」

ほんの少し声を大きくして、男性が尋ねた。

「いずれ、そのうち」

クリスは即答するものの、彼の身体に身を隠しているフローラは何も言えない。

「そうか。そうかそうか。それはめでたい」

あはははと豪快に笑いながら、店の奥へと消えていった。

「やっと邪魔者がいなくなりましたので。どうぞごゆっくり魔導書をお選びください。ですが、たまに魔導書が人を選ぶこともあります」

そう言われても、フローラはあんぐりと口を開けたまま何も言えない。

「フローラ。どうかしましたか？」

クリスに名を呼ばれ、はっと我に返る。彼の背に隠れている間に、勝手に結婚とか言うからいけないのだ。

結婚を前提の付き合いではあるものの、それとこれとは話が別。トクリトクリと心臓が、いつもよりうるさく音を立てている。

「どうもしません」

フローラは、気持ちを落ち着けるためにも小さく息を吐いた。

「ですが……ただ、ものすごい数の魔導書に驚いています」

上を見ても魔導書、下を見ても魔導書。読める字のタイトルもあれば、読めないものもある。

とりあえず背に『水』と書かれている本を一冊、棚から抜き取ってみた。魔導書はひんやりとしている。分厚い表紙をめくり、中をぱらぱらと確認すれば、水魔法の歴史について記されているようだ。

「そういえばフローラは、魔法騎士でしたね」

彼は装丁に年季が入っていてよれよれの魔導書を手にしている。

「フローラの魔法属性は、やはり水なのですか？」

彼の視線はフローラが手にしている魔導書に向いていた。そこから推測したのだろう。

「はい」

「……他の属性も扱えるのですか？」

「他、ですか？　そうですね、土と炎を少々。ですが、こちらは水ほど自由に扱うことができなくて……」

なぜかクリスがピクリと眉を動かす。

「でしたら、こちらの魔導書のほうがよいかもしれませんね」

クリスは腕を伸ばして、フローラの頭の上から一冊の魔導書を引き抜き、手にした。そしてそれをフローラに手渡そうとしてくる。だが、フローラはぽかんと彼を見上げているだけだ。

「どうかしました？」

なかなか魔導書を受け取らないフローラを不思議に思ったのだろう。クリスは麗（うるわ）しい顔をほんの少し曇らせた。

「いえ。こうやって誰かに魔導書を薦められたのも初めてだったので……なんて言ったらいいのかわからないのですが。ちょっと、嬉しかったみたいです」

「そうですか。フローラが嬉しいのでしたら、私も嬉しいです。ですが、あなたは魔法騎士ですよね？　魔法の勉強をされてきたのでは？」

「はい。ただ、学園時代は騎士科だったので魔法は独学なんです。まさか自分に魔力があるなんて思わなくて……田舎育ちであまり魔法が使える人間も周囲にいなかったですし。騎士になってから、魔法が使えることがわかりましたので」

この国の王都には、騎士や魔導士を養成する学園があり、王都の名にちなんで国立キシュレー学園と名がつけられている。十五歳から十八歳の騎士や魔導士を目指す者は、誰でもこの学園に通わなければならない。ただし騎士を目指す者は二十歳まで学園に所属しつつ従騎士として騎士の基礎を積み上げていく。

それは学び終えたら即戦力として現場で活躍してほしいという思いと、基礎などの共通事項は、一つの学園でまとめて教えてしまったほうが効率がいいという観点からだ。

騎士を目指す者は騎士科、魔導士を目指す者は魔法科を入学時に選択する。ただし、騎士科の学生であっても、魔法の素質があれば追加で魔法の授業が受けられ、それが本来の魔法騎士のルートである。

「独学ですか？　少し、魔力を鑑てもよろしいでしょうか？」

魔力を鑑る。フローラには馴染みのない言葉だ。

「問題ありません。ですが、それはどういったことなのでしょう？」

「学園入学時に魔力があるかどうかの魔力鑑定を受けますが、最初は魔力の有無しかわからないのです。それが魔導士として鍛錬を重ねるうちに、適正な属性が身につくようになります。その適正な属性が何かを第三者が確認することを、我々は『魔力を鑑る』と呼んでいます。今までそのようなことをされたことはないのですね？」

クリスはなんでこんなことを聞くのだろう。戸惑いながらもフローラは首肯する。

「はい。その……最初はただの近衛騎士だったのです。騎士団にも魔法騎士は何人かおりまして、彼らが剣に魔法付与する様子を見学していたところ、やってみるかと声をかけられまして……。それで見よう見まねで行ったらできてしまって……。そのため魔法騎士という立場もありますが、所属は近衛騎士隊になります」

魔法騎士は、本来、魔法騎士隊という別部隊に所属する。

しかし、魔力があるとわかった時にはすでにフローラは第一王女ジェシカ付きの近衛だった。王女の護衛は騎士の中でも基本的に女性しか選ばれず、なるための審査もかなり厳しい。フローラが抜けたところですぐに代わりが見つかるわけでもない。

さらに、国王とジェシカ本人からの強い残留の希望もあった。そのためフローラは魔法騎士でありながら、近衛騎士隊に属しているのだ。

少々特殊な事情ではあるものの、その状態でフローラは三年、ジェシカの近衛としてやってきていてなんの不自由もなかった。

だが、フローラの話を聞き終えたクリスの顔からは、笑みが消えていた。

「フローラ。あなたは今からでもきちんと魔法の教育を受けるべきです」

「今からですか？　教育は学園時代に受けるものだと……」

いつの間にかフローラの背にはクリスの腕が回っている。

「勉強を始めるのに、早いも遅いもありません。フローラがきちんと学びたいと思っているのであれば、私が責任をもってあなたに魔法を教えます」

クリスの青い目が力強く揺れていた。

「クリス様がですか？」

はい、とクリスは顎を引いた。

「そうすれば、フローラと一緒にいる時間がもっと増えますからね」

魔法の教育が受けられる。それは願ってもない話だ。

魔法騎士の仲間たちも相談には乗ってくれるが、彼らに基礎からフローラに教えるだけの余裕はない。そうなれば図書館にある書物に頼って、自分で勉強しなければならなかった。今だって、魔法騎士としての知識があるかと問われれば、むしろ魔法騎士を名乗っていいのだろうかという不安に襲われるくらいだ。

だからクリスが魔法を教えてくれるというのであれば、すぐにでも「はい」と答えたい。

それができずにいるのは、やはりお互いの仕事があるからだろう。今もジェシカの顔がちらちらと脳裏をかすめている。

「返事は、団長と相談してからでもよろしいでしょうか」

今はこの回答しかできない。

「ええ、もちろんです。ただ前向きにご検討くだされば と思います」

「善処いたします……」

そこでやっとフローラは、クリスが手にしていた魔導書を受け取った。

「こちらの魔導書ですが、水魔法に特化したものになります。ただ、今の話を聞く前に選んでしまいましたので、基本的な術式が省略されておりまして……追加で、こちらとかいかがでしょう？」

今度は、フローラの背中辺りの棚から、魔導書を抜き取った。

「クリス様はすごいですね。魔導書のタイトルから何が書いてあるのか、把握されているのですね？」

「ええ、私が学園時代に読んだものですから。一度読んだ本は覚えております。ちなみにこの店は、立ち読みご自由にですから、買わなくても問題ありません。私はここで読んでしまえば内容を覚えてしまいますからね。時間があるときはここに来て、朝から晩まで魔導書を読みあさっております」

「さすがに、何冊かはお買いになるのですよね？」

「いいえ、もちろん買いません。買う必要がありませんから。師匠の店ですし問題ありません」

ぬけぬけと言うクリスに思わず噴き出してしまう。

フローラだったなら、間違いなく一冊、何かを買って店を出ているだろう。その何かがフローラにとって不要なものだったとしても。

「でしたら、クリス様が買うような魔導書ってどのようなものですか？」

知識を得るだけなら立ち読みで済ませてしまう彼が、どのようなものを購入するのかが気になった。

「それはもちろん、何度も読みたくなるような魔導書です。あとは、見たことのない言語で書かれている魔導書とか。この店にはそういった魔導書が隠れておりましてね。その魔導書と出会ったときは、宝物を探し当てたようなそんな感覚になるわけです」

クリスが恍惚（こうこつ）とした表情で語り出した。

だが、宝物を探し当てる感覚というのはなんとなくわかる気がする。

魔法に疎いフローラが勉強場所に足を運ぶのはやはり図書館だ。だが、その図書館に行ってもどの本を読んだらいいかがさっぱりわからない。とある本を手にしては軽く読み、参考にならないと判断したところで、次の本を手にする。やっとわかりやすい本と出会えたときは、ぱっと世界が開けるような感じがしたものだ。

「クリス様がおっしゃること、なんとなくですがわかるような気もします。ただ、わたしは一度読んだだけでは覚えられませんので、同じ本を何度も読む必要があります。だからこの魔導書は手元に置いておきたいです」

「わかりました」

すると、その魔導書をひょいっとクリスが奪い返す。さらに、最初にクリスが薦めてくれた水魔法の魔導書も奪われた。

「いきましょう」

「どちらにですか？」

「こちらの魔導書が欲しいのですよね？」

そこまで言われてフローラも理解した。ここに並べられている魔導書は売り物なのだ。だから欲しいというのであればお金を払わなければならない。

「はい」

狭い通路をクリスの後ろをついていく。奥の棚を曲がり、さらにその奥の棚を曲がったら少しだけ視界が広くなった。

先ほどの片眼鏡の男性が、本を読みながらゆったりと椅子に座っている。こちらに気がつくと、声をかけてきた。

「決まったのか？　それよりも今日は買っていくのか？　どうしたんだ？」

クリスから話を聞いていたから、フローラもその言葉の意味が理解できた。

「これとこれとこれとこれ、お願いします。なんですか、この魔導書。これ、黎明期の古代語じゃないですか。いったいどこに行って仕入れてきたんですか？」

「これを見てすぐに黎明期の古代語だとわかるおまえさんもおまえさんだ……はい、毎度」

男性にお金を払ったクリスは、五冊も魔導書を手にしていた。そのうちの三冊をフローラに手渡そうとしてくる。

「クリス様。一冊、多いです」

「私からのプレゼントです。あなたはこれで、もう少し魔法の勉強をしたほうがいいでしょう」

「ですが……」

出会ったばかりの彼から、これほどのものをいただくのは申し訳ない。フローラだって自分で支払うつもりだったのだ。

「いいですから、お気になさらず。それとも私に恥をかかせる気ですか？」

「いえ……クリス様に恥をかかせる気などは……。ありがとうございます」

おじぎをするフローラに軽く微笑んだクリスは、店主に向き直る。

「失敗しましたね。魔導書って意外と荷物になるんですよね。ということで師匠、帰りに寄りますから。これ、預かっておいてください」

五冊の魔導書は片眼鏡の男性のもとに戻っていく。

「わかった、わかった。預かっておく。それよりもおまえさん。せいぜい彼女に愛想尽かしされないようにしろよ」

「師匠からのひがみの言葉だと思って、ありがたく受け取っておきます」

「相変わらず口の減らない野郎だな」

「では、また来ます」

「帰りに忘れずに寄れよ」

結局、店に入ったときと何一つ変わらぬまま、外へと出てきた。

本に囲まれたどこか薄暗い空間から出てきたためか、空の青さが目に染みた。

「疲れましたか？」

目を細くしたフローラがそう見えたのか、どこか心配そうにクリスが顔をのぞき込んでくる。

「いえ、とても楽しかったです。ただ、ちょっと目が慣れなくて」

楽しかったというのは本心だ。

店内は迷路のような作りになっているし、所狭しと並んでいる魔導書には統一感があるようでない。だから、色だったり文字だったりを眺めているだけでも面白い場所だった。

「あの店を楽しかったと言ったのは、あなたが初めてですね」

「そうですか？　ですがクリス様もおっしゃいましたよね？　宝物を探し当てる感じだと。宝探しは楽しいですよね？」

「なるほど。よくわかりました。やはり私とあなたの相性率は九十五パーセントで間違いないようですね」

急に相性の話を持ち出され、ドキドキする。そこでクリスは胸元から懐中時計を取り出した。

「そろそろお昼の時間になりますね。次は食事にでも行きましょう。何か食べたい物はありますか？」

そう問われても、フローラにはピンとこない。

「申し訳ありません。思い浮かびません……」

クリスは小首を傾げる。

「失礼ですが、あなたには長くお付き合いをされていた男性がいらしたのですよね？　その方と一緒に食事などに行かれたことは？」

「はい。こうやって出かけるようなことはなかったので。食事はいつもわたしが家で作っていましたし……」

「では、出かけないのであれば、二人で何をなさって時間を過ごされていたのですか？　よろしければ参考までに教えていただけないでしょうか」

「え、と。それは、その……ただ一緒にいただけで……」

そしてその後は、決まったように情事に流れ着く。サミュエルが特に仕事で荒れた日には、フローラの顔を見るや否や乱暴に組み敷かれたものだ。

だからといって、フローラはそういった事情を人につらつらと話せるほど、開けた性格もしていない。閨ごとは秘め事。できれば人との会話では話題にあげたくない。

それでもクリスに聞かれたからには答えなければならないのだろうか。恥ずかしいが、ここは正直に言うべきか。考えただけでも頬が熱くなってきた。

すると、何も言っていないのにクリスの表情が険しくなる。

「大した元彼野郎ですね……」

「え？」

「いえ、なんでもありません。私はあなたを困らせるつもりはないのです。ただ、あなたがやりたいこと、見たいこと、食べたい物があったら、それを教えてはいただけませんか？　私はどんな些細なことであっても、あなたのことが知りたいのです」

そのような言葉を他人からかけられたのも、今まで一度もない。胸の奥がぽっとあたたかくなる。

サミュエルはいつも「フローラは俺の言うことさえ聞いていればいいんだから」と言っていた。

「あ、はい。すぐには思い浮かばないかもしれませんが、何かあったらすぐにクリス様にお伝えするようにします」

「では、今日は私が選んだお店でよろしいですか？」

「はい」

クリスが選ぶお店とはいったいどのような店だろう。彼は甘いお菓子が好きだと言っていたし、初めて顔を合わせたときも、テーブルの上のお菓子をすっかり食べていた。

「クリス様が選ばれるお店って、食事のできるお店ですか？」

「フローラがお菓子のお店を望むのであれば、そちらにしますが」

「では、食事の後に連れていってくださいますか？」

そこまで口にして、フローラはぎくりとする。

今日のデートで初めて自分の意思を言葉にした。いつものフローラであったなら、絶対に口にはしない。心の中に押し込めて我慢してやり過ごす。

だって、あれが食べたい、どこに行きたいと言えば、サミュエルはいつも「めんどくせぇ」と言い、不機嫌そうな顔をしたからだ。それを避けるために、自分のやりたいことは我慢していたというのに。

もしかしたらクリスも「面倒ですね」って言うかもしれない。彼に気づかれぬよう、きゅっと拳を握る。

しかし、覚悟していた言葉は降ってこなかった。

「わかりました。私もよく行くお菓子屋さんがあるので、食事の後はそちらに向かいましょう」

「え？」

「どうされました？　お菓子屋さんに行きたいのですよね？」

「あ、はい。ありがとうございます」

目頭が熱くなるくらい嬉しかった。クリスはフローラの意見を受け入れてくれたのだ。

目的が決まったところで、二人はまた手を繋いで歩き始めた。

彼が案内してくれたのは大通りから一本外れた道にある料理店だった。煉瓦造りの建物はひっそりと建っているものの、賑やかな声が外にまで聞こえてくる。

扉を押して中に入る。

「いらっしゃいませ」

女性店員の明るい声が出迎えてくれた。ためらうことなくクリスが店員とやりとりをし、窓際の席に案内された。この席からは庭が一望できる。美しい。

フローラは感嘆の声をあげそうになったが、すぐに店員がメニューを手渡してきたため、それを呑み込んだ。

メニューは豊富で、説明書きの隣にわかりやすくイラストまで添えられている。だからなおのこと、どれを食べようかと悩んでしまう。

メニュー越しにクリスを盗み見れば、彼も同じようにメニューに目を落としていた。

「クリス様は決まりましたか？」

「そうですね、こちらの『月光のささやきセット』にしようかと思っております。フローラは？」

「私は悩んでおります。ですから、クリス様と違うものにします」

「どうぞ、ゆっくりと決めてください」

この料理店の料理には変わった名前がつけられている。それを眺めているだけでも興味深いのだが、目的は食事をすること。クリスが月ならばと、フローラは『星屑(ほしくず)のきらめきセット』を頼んだ。

「クリス様はいろんなお店を知っているのですね」

「いえ、実はそうでもありません。この料理店は、頼んでもいないのに団長が教えてくださいました」

「団長？　魔導士団のですか？」

「そうです。私とフローラがデートをするという情報をどこからか仕入れたようでしてね。急に人の部屋にやってきて、食事をするならここだと、しつこく言い出したわけです」

「団長とは仲がいいんですね」

フローラがそう言ったとき、料理が運ばれてきた。

テーブルの上に並んだ料理を見て、フローラは目を瞬(しばた)いた。一口サイズにカットされた肉がまるで星に見えるかのように盛り付けされている。

「美味しそうですね。それに、飾り付けも可愛らしいです」

「それはよかったです。いつもは鬱陶(うっとう)しい団長ですが、今日くらいは役に立ったようです」

それから二人は料理に舌鼓を打った。相性を調べる質問集に食事の嗜好の項目もあった気がするが、お互い好きだと感じる味も似ているようだった。

すっかりと料理を食べ終えた頃、店員がお茶を持ってきた。

「あの、クリス様。どうかされました？」

お茶を飲んでいる間、クリスが黙ったままこちらに視線を向けている。

「いえ、どうもしません。あなたという人を観察していました」

「か、観察ですか？」

観察されるような、変な行動をしてしまったのだろうか。クリスと会ってから今までの自身の行動を振り返る。だが、自分で自分のどの行動がおかしいとか、まったくわからない。

また、顔が熱くなってきた。

「冗談です」

そう言ったクリスの顔は真面目そのものだ。

焼かれるような視線に、どぎまぎとフローラは視線を外してしまう。

そこでふと今日の目的を思い出して、苦し紛れに言葉を紡ぐ。

「あの……改めまして、フローラ・ヘルムです。よろしくお願いします」

「知っています。急にどうしましたか」

「いえ、あの、まだお会いするのは二度目ですから、お互いを知ったほうがいいかと思いまして」

団長たちもそのつもりで送り出してくれたはずだ。何しろ自分たちはお互いの情報をほとんど知らない。

すると納得したのかクリスは、ふむ、と顎を触る。

「なるほど。そういうことであれば。私はクリス・ローダー。二十七歳。侯爵家の一人息子で、魔導士団副団長です」

　自分と彼の年齢は四つ差だったようだ。落ち着いているため年齢不詳な印象だったし、魔導士団副団長という地位からも、もう少し年上だと思っていた。なによりもサミュエルと同い年だったのが意外だった。

「ええと、わたしは今年二十三歳になります。父は南方の小さな領地の子爵を賜っています」

「そうなのですね。ところでフローラは、なぜ騎士になろうと思ったのですか？」

「あ、はい。父が騎士でしたので」

　騎士になった者に理由を聞くと、上位にあがってくる答えだ。それ以外は、お金のため、困っている人を助けるため、かっこいいから、と続く。

「フローラの母君は普段は何をされているのですか？」

「あ、その……母はわたしを生んですぐに亡くなってしまったので。その後は父が男手ひとつで育ててくれましたが。母についてはわたしも詳しくは知らないのです」

「申し訳ありません。失礼なことを尋ねました」

「いえ、お気になさらないでください。クリス様はわたしのことを知りたいと思って聞いてくださったんですよね。そのお気持ちだけで嬉しいです。だから、わたしにもクリス様のことをもっと教えてくださいませんか？」

　ほんの数時間だが、彼と時間を共にしてそう思うようになっていた。

「ええ、もちろんです。私が生まれてから今日までの二十七年間のすべてを教えたいです」

「さすがにそこまでですと大変ですから。まずは……そうですね、クリス様のご家族のこととか、他の好きなものとか……」

ポットのお茶を飲みきるまで、二人はそうやって話を続けた。

その後はクリスの案内で、彼がよく足を運ぶという菓子店に向かい、それぞれ好きなお菓子を好きなだけ買った。他人(ひと)といて自由な買い物をするというのも久々だった。

店を出た頃には日が傾(かたむ)き始めていた。クリスは懐中時計を手にする。

「残念ですが、そろそろお別れの時間がきてしまったようです。あの店に寄って、魔導書を受け取って帰りましょう。送っていきますので。フローラはどちらに住んでいるんですか？」

「王城の近くです。先ほども言いましたように、田舎から出てきましたので、王城関係者の居住区に住んでいます」

二人はしっかりと手を繋いで歩き始める。

フローラは、クリスの手を取るのもためらわなくなった。

「あ、ここまでで大丈夫です」

居住区に入ったところで、フローラが声をあげた。だがクリスは不満そうだ。

「そうですか？　私としてはフローラがどこに住んでいるのか。どんな部屋に住んでいるのか。そこまで確認したかったのですが」

「恥ずかしいからだめです。今日はここまででお願いします」

「残念ですがしかたありません。今日はとても楽しかったです。では、こちらを」

クリスが魔導書を手渡してきた。

「ありがとうございます。これで勉強します。それからクリス様」

フローラは彼の顔を見上げた。夕日によって微妙な陰影を作り出された彼の顔は、まるで彫刻のようだ。

「こうやってまたお会いするようなときには、クリス様の好きなお菓子を作ってきてもいいですか？」

それは彼に対するお礼の気持ちだった。

今日一日、感謝してもしきれないくらい楽しい時間を作ってもらえた。フローラがお礼としてできるのはなんだろうと考えた結果、お菓子を作って手渡すという答えに行き着いた。

「楽しみにしています」

クリスの言葉は、フローラの胸をまた熱くさせた。

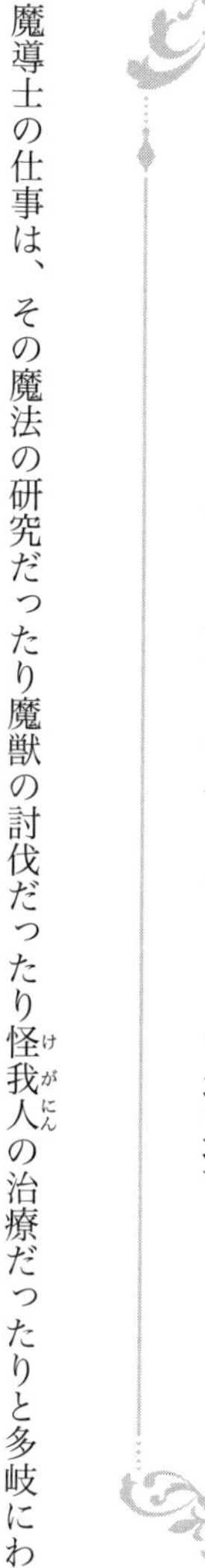
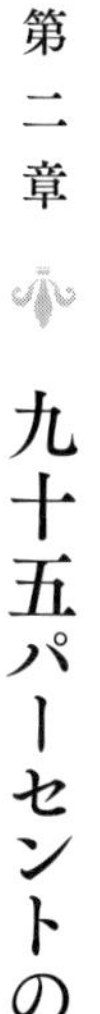
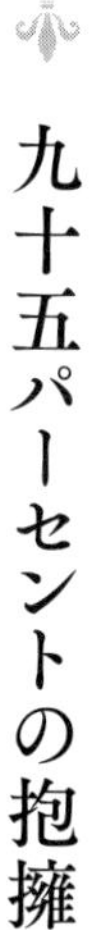

第二章 九十五パーセントの抱擁

魔導士の仕事は、その魔法の研究だったり魔獣の討伐だったり怪我人の治療だったりと多岐にわたる。

そのなかでもクリスは魔法の研究を専門としていた。

新しい魔法の術式を考案し、それを実務で使えるようにすることが主だ。さらに、今では知られていないような廃れた古の魔法などを掘り起こし、現代魔法へと展開させることも行っている。

また、一応魔導士団の副団長でもあるため、たまには魔獣討伐に赴く。

クリスが与えられている研究室で、昨日買った魔導書片手に新しい術式展開を考えていたところ、魔導士団の団長であるノルトがやってきた。

彼はクリスが魔導士団に入団したときから団長を務めている。年齢はクリスの一回りも上なのだが、長ったらしい金色の髪が艶やかで、鼠色だとクリスが表現する瞳の色は、女性たちからは銀色、もしくは星の輝きと言われているようだ。ローブと共にきらびやかに髪をなびかせて歩けば、女性の黄色い声ももれなくついてくる。

クリスに負けず劣らずノルトも女性から追いかけられるような容姿をしているが、実際に彼の後ろを女性が追いかけてこないのは年齢による差なのだろう。いや、既婚者だからかもしれない。

「おい、クリス。ちょっと俺の執務室まで来てくれないか？」

クリスとしてはものすごく行きたくない。ノルトが苦手というわけではない。ただただ面倒くさい。それに今、この術式の足がかりになるようなものが摑めたところで、それを試してみたい。

「そんな顔をしても無駄だ。これは上官命令だ」

ノルトはしつこく、右手を『おいでおいで』と振っている。クリスがこの場から動かないのであれば、そのまま永遠に手を振り続けるのではないかと思えるくらい、しつこく振っている。

「仕方ありませんね」

「相変わらずおまえのその態度、上司に対するものではないからな」

クリスは手にしていた魔導書を机の上に置いて部屋を出た。

ノルトの執務室は、クリスの部屋の隣、壁一枚隔てた場所にある。その執務室に入った途端、クリスはまるで自分の部屋であるかのようにどさりと長椅子に腰を下ろすと、珍しくお茶が出てきた。

「どうされたのです？　私にお茶を出してくれるなど、年に一回あるかないか。あぁ、今日がその年に一回の日ですか」

クリスの言葉など耳に入らなかったかのように、ノルトは口を開く。

「で、どうだったんだ？　フローラ嬢とのデートは」

「なるほど。団長はやはり私の惚気話（のろけばなし）が聞きたいのですね」

「ぶふぉっ」

いきなりノルトがお茶を噴き出した。

「汚いですね。いい年して、何をやっているんですか」

「ああ、悪い悪い。おまえが予想外のことを言うからだ」

ノルトは何事もなかったかのように、汚れた箇所をささっと拭（ふ）く。

「それで？　惚気るくらいのところへ連れていって、惚気るくらいのことをしてきたのか？」

「普通です。魔導書を見にいって、食事をして、帰ってきました」

またノルトがお茶を噴き出しそうになっていた。ただ、今回は学んだのか既（すんで）のところで口を押さえたようだ。

「……はぁ。鼻が痛くなったじゃないかよ。おまえさ、もしかして初デートであの店に彼女を連れていったのか？」

ノルトの言うあの店とは、もちろん魔導書を扱っているあの店のことだ。

「そうですが。何か問題でも？」

「いやいやいやいや、問題だらけだろ？　それ、彼女に引かれるやつだろ？」

「いえ。むしろ喜んでくれましたが？　楽しかったとそう言っておりましたね。あれできっと私に惹（ひ）かれたに違いありません」

なぜかノルトからは白い視線を向けられる。

「あの店に行って、楽しいと言ったのか？　フローラ嬢がか？」

「申し訳ありませんが、あなたが彼女の名前を口にするのがものすごく不快なのですが、どうにかなりませんかね？」

「それは我慢しろ。フローラ嬢と呼ばなかったら、なんて呼べばいいんだ」

「そこは姓のヘルムを使ってください」

そこでクリスはお茶を飲んだ。ノルトを相手にしていたら喉が渇いた。

フローラとの思い出は心の記録簿に永久保存しておきたいくらい大切なものだ。それなのに、ノルトはその話を聞きたいらしい。はっきり言ってもったいない。

だけど、フローラの休みの日を知っていたり、それに合わせてクリスの仕事を調整したりするのはノルトなので、無視するわけにもいかない。

そもそもクリスだって、女性と頻繁（ひんぱん）にでかけるような男ではない。近寄ってくる女性は一人残らず追い払うし、誰かと時間を共にするよりは一人で静かに過ごしたい。

だから休日になれば、あの店で朝から晩まで魔導書を探して読みふける時間が、至福だと思っていた。

そんなクリスであるが、国王からの命令であれば一応は従おうと努力はする。それの最初の一歩が、貴賓室に呼び出されたときだろう。

クリスを呼びに来たのは宰相（さいしょう）であったが、『国王陛下（へいか）からの命令です』と言われてしまえば、断れない。行きたくはなかったが、渋々、宰相の後ろをついていった。

そこで出会ったのがフローラだった。初めて目にしたその姿は、凛々（りり）しい騎士服を身にまといながらも、どこか儚（はかな）げな印象を受けた。

一瞬、目が合ったものの彼女はすぐにそれを逸（そ）らす。今までの女性とは異なる反応も刺激的だった。

クリスが知っている年頃の女性は、目が合えば我先にと声をかけ、耳をつんざくような甲高（かんだか）い声をあげる。

フローラの隣に座ってはみたものの、彼女はこちらに顔を向けようとはしない。それでもクリスは幾度（いくど）も盗み見た。

一つに結わえている銀白色の髪は、珍しい色だ。それに魔獣の森を思わせるような深緑の瞳は、いつまでも見ていたいほど清（す）んでいる。

女性を見て、初めて美しいと思った。それも派手な美しさではなく、心の奥からにじみ出てくるような、落ち着いた美しさなのだ。そして彼女自身はそれを自覚していない。

宰相の計らいで二人きりにされたとき、彼女はすぐさま気遣いを見せた。

先に名乗ったのはフローラだった。その声は小動物の鳴き声のように愛らしかった。

それにフローラはクリスを知っていたようだ。魔導士団の副団長という肩書きを考えれば当然のことなのかもしれない。

だが、残念なことにクリスは彼女を知らなかった。こんなことならもっと早く知っておくべきだったと、その場ですぐに後悔した。

もっと話をしたくて、目に入ったお菓子の話題を振ってみた。すると彼女はそれに乗ってくれ、さらに菓子作りが好きだということまで教えてくれた。

不思議なことにフローラと話をするのは苦ではなかった。もう少し話をしてみたいと思ったところで、邪魔が入ってしまったが。

しかし、その邪魔をした国王と宰相からの話を聞いて、彼女に向けて生まれた感情が当然であることを理解した。

二人は相性がよい。

その相性のよさを、一目見た瞬間にクリスは感じ取ったのだ。

そして彼女との間に新しい家族が欲しいと、すぐに願っていた。

彼女であれば、クリスの血を引く子を育んでくれるかもしれないと、そんな希望を勝手に持った。

それだけ彼女に好感を持ち、惹かれた。一目惚れ（ひとめぼ）れとよく聞くが、それとも違う。出会うべくして出会った運命の女性。本能が彼女しかいないと訴えている。

女性を一網打尽（いちもうだじん）にするクリスであるが、結婚願望がないわけではない。むしろ、ある。ものすごくあるわけではないが人並みにあって、人並みに家庭というものを築きたいと思っている。

ただそういった相手が見つからなかった。魔力量の関係から、クリスと家庭を築ける女性は限られている。

そもそもクリスの背を追いかけてくる女性は論外だ。となれば、今まで出会った女性は全て論外となる。

その論外から外れた女性が目の前に現れたのだから、結婚に希望を持つわけだ。

「そういえば、団長。私のフローラが不思議なことを言っていたのです」

こう見えてもノルトは魔導士団長だ。彼が団長になったのは、実力はもちろんであるが、物事を広く浅くとらえるからだ。逆にクリスは狭くて深い。

そんなクリスが副団長という地位にいるのも、ノルトと対等に会話ができ、さらに彼をうまく扱える人間がクリスしかいないためである。

クリスとしては面倒くさい肩書きが増えただけだと思っている。

「フローラは、騎士団に入団してから魔法騎士になったそうなのです。どうやらそれまで彼女は、自分が魔法を使えることを知らなかったようなのですよ」

魔法を使うには魔力と呼ばれる力が必要で、この魔力は誰にでも備わっているものではない。いつ、どこで、誰に発現するかはわからないが、たいていは学園に入学する前には発現している。だから、学園入学時に騎士科か魔法科が選択できるのだ。

「ほう」

ノルトが唸った様子をみれば、少なくとも興味を持ったことはわかる。

「しかも、見よう見まねで魔法付与を行ったと、恐ろしいことを口にしました」

「あれは見よう見まねでできるようなものじゃないぞ。俺ら魔導士だって、攻撃魔法の魔法付与はできないんだからな。特殊すぎるから、魔法騎士って呼ばれているんだろうが」

「ええ。ですから、彼女はなぜ学生時代に魔法が使えることに気づかなかったのでしょう？　間違いなく入学時の魔力量鑑定さえもすり抜けています。それが学園を卒業し、騎士団に入団してから急に使えるようになったそうです。こんな話、今まで聞いたことがありますか？」

「ないな」

間髪を容れずにノルトは首を横に振ると、腕を組み始めた。これはノルトが何かを考え込むときによく見せる仕草だ。そうやって、過去の記憶を探っているのだろう。

クリスはもう一度、頭の中でフローラとのやりとりを思い出しながら、ノルトの言葉を静かに待った。

「封じられた魔力」

いきなりノルトが口を開いた。

「封じられた魔力？」

聞いたことのない言葉に、クリスは首をひねる。

「ああ。少しだけ思い出した。魔導士の中には、相手の魔力を封じ込めることができる魔導士もいる、らしい」

「らしい、というのは？」

「俺も実際にお目にかかったことがないからだ。それに考えてもみろ。相手の魔力を封じ込めるんだぞ？　そんなことやられでもしたら、俺もおまえも魔法が使えなくなる。つまり、ただのひ弱な人間に成り下がるってことだ」

ただのひ弱な人間。魔法の使えない魔導士にはぴったりの表現だ。それだけ魔導士は魔法に頼りきっている。

「彼女は、封じられた魔力が突然解放されたのではないかと、そういうことをおっしゃっていますか？」

「ま。そういう可能性もあるっていう話だな」

そこでノルトは、冷めたお茶を口に含んだ。

「おまえが選んだ女性というだけでも興味があるのに、魔力まで封じられていたとしたら、なおさら興味が湧くな」

「その興味、鎮めてもらえませんかね？　いや、申し訳ありません。もう一つ、団長が興味を持つようなことを思い出しました」

「なんだ？」

やはりフローラに興味を持ったのか、ノルトの声色は先ほどよりも明るい。

「その笑顔。不気味なのでやめてもらえませんか？」

「無理だ。早く話せ」

「仕方ありませんね。とにかくフローラですが、見よう見まねの魔法付与の他に、使える属性が三つもあるそうです」

「それが事実なら、一等級の魔導士なみだな。いっそのこと、うちで欲しいくらいだ」

ノルトの口から飛び出した魔導士の等級。魔導士はその扱える魔法の種類によって等級付けされている。それは個人の過大評価、過小評価を防ぐためのものでもある。

魔導士等級は、三等級から特級の四段階にわけられる。また、魔法属性は四元素から成り立っており、風火地水の四つがある。

それにより、一番下位である三等級は一属性のみの魔法を使える魔導士。二等級は二属性の魔法を扱える魔導士。そして一等級は三属性、特級は四属性と、使える魔法の属性が増えるたびに等級は上がる。

もちろんノルトとクリスは特級魔導士だ。それもあって、不本意ながら団長と副団長を務めている。

「何を言うのですか。フローラは私のものですから団長にはお渡ししません」

「おまえ、それどんな冗談？　面白くないから。それよりも、彼女の両親は魔導士だったのか？

仮に彼女の魔力が封じられているとしたら、封じたのは両親のどちらかだと考えるのが普通だ。むしろそうでないほうが恐ろしい」

ノルトが無理矢理話題を変えてきた。

「父親は騎士だと言ってましたね。母親は、彼女を生んですぐに亡くなられたとか」

「おまえと同じだな」

その言葉にクリスのこめかみがひくりと震えたが、何事もなかったかのようにすぐに取り繕う。

ノルトが指摘したように、クリスも赤ん坊の頃に母親を失っているし、その原因もわかっている。

だからクリスも母親の顔を知らない。それでも父親は父親なりに、愛情を注いで育ててくれた。

『母さんはおまえに会いたがっていたんだ。だからおまえをその命に代えて生んだんだ』

それが彼の口癖だった。

そんな父親は年老いたせいもあり、田舎の領地へ引っ込んでのんびり田舎暮らしを満喫している。

ただ田舎は王都と比べて魔獣の被害を受けやすい。だから父親の身を案じているクリスは、魔獣避けの魔法を付与したいろんなものを頻繁に送っているのだ。

それもあってか、父親が治めている領地は、魔獣に襲われることなく穏やかなものだった。いつかはフローラをそこに連れていきたい。

考えに耽っていると、ノルトがそれを打ち破るかのように声をかけてきた。

「とにかく、フローラ嬢のことはわかった。俺のほうでも調べておく」

「いいえ、フローラのことは調べなくて結構です。私生活とかやめてください」

「だから、おまえのその冗談、面白くないから。俺が調べるのは、封じられた魔力のこと。つまり、過去に魔力を封じるような力を持つ魔導士がいたかどうかだ」

「なるほど。団長は誤解を招くような言い方を、改めたほうがいいですよ」

「おまえに言われたくないわ」

ノルトの不機嫌な声など意に介さず、クリスはお茶を飲んだ。

◆

フローラはいつアダムに相談しようかと悩んでいた。

相談したい内容は、クリスから言われた魔法の教育のこと。

クリスと会った次の日、仕事の合間に相談しようかとも思ったが、その日は時間が取れなかった。

結局、アダムの執務室に足を向けたのは、クリスと会ってから二日後の夕方だった。

「どうした、フローラ。まぁ、そこにかけなさい」

アダムに促(うなが)され、フローラは長椅子に浅く腰を下ろす。

「何かあったのか？　あのクリスとはうまくいっていないのか？」

「あ、いいえ。クリス様とはなんとかよい関係を築けそうです。一昨日も無事、二人でお出かけできましたので」

「……あぁ。彫刻噴水の日か。それはよかった」

「そのクリス様とのことでご相談があるのですが」

アダムが片眉をあげる。

「あのなぁ。恋愛沙汰の相談ごとは俺の専門外だからな？　俺だって独身歴三十三年よ？　得意だったなら、とっくに結婚している」

彼が独身であるのはフローラだって知っているし、騎士団に所属する人間の八割以上はむしろ独身だ。既婚者のほうが少ない。もしくは結婚したら辞める者も多い。

「相談内容が恋愛沙汰に分類されるかどうかもわかりませんが。ただクリス様が、きちんと魔法の教育を受けたほうがよいとおっしゃってくださいまして……」

「魔法の教育……」

そう呟いたアダムは顎に手を当てた。

「まぁ、そういわれればフローラの経歴は異例っちゃ異例だからな」

アダムがそう言うのも無理もあるまい。

今では魔法騎士と呼ばれるフローラだが、それまでの道のりがアダムも言うように異例中の異例であった。

最初は第一王女の専属護衛として採用された。それは学生時代の成績が、女性の中でもずば抜けてよかったからだ。

それに普段はどことなく他人との会話を苦手としているフローラだが、仕事となればまた別だ。普段の彼女を知っている人から言わせれば「別人じゃね？」と言うくらい、きびきびと発言し動いている。

そんなフローラが魔法を使えることに気づいたのも、魔法騎士の先輩であるブレナンに訓練場で声をかけられたのがきっかけだった。

『フローラ。最近、君から少し魔力を感じるのだが、魔法付与をやってみないか』

ブレナンは魔法騎士の中でも一番の古株だ。陰では「長老」とも呼ばれている。そんな彼だからフローラが気になったのだろう。

とりあえずブレナンが魔法の見本を見せ、フローラは同じように真似をした。結果、剣に水攻撃の魔法付与をやってのけた。やってみるかと声をかけたブレナン本人が、フローラよりも驚いていた。

すぐさまブレナンは他の魔法騎士らも呼び寄せ、フローラについての話し合いが行われた。

魔法騎士は魔導士と騎士と両方の技能を備え持つため稀少だ。その逸材が埋もれているのならば発掘したい。

『じゃ、これを真似してみて』

他の魔法騎士がそう声をかければ、フローラはその者の真似をする。

素直で真面目なフローラは、魔法騎士らの言葉に従い、次々と魔法付与をやってみせた。

そんな真似っこが原因で、あれよあれよと魔法騎士になっていたのだ。だから、魔法の基礎がごっそりと抜け落ちている。

「もう一度、学園に通い直すのか？」

渋面を作ったアダムを見れば、彼が何を心配しているのかなどよくわかる。それはもちろん、フローラの仕事の件だ。

「いえ」

フローラが首を軽く横に振ると、高い位置で一つにまとめた髪の毛先も揺れ動く。

「それは、クリス様が教えてくださるそうです」

なぜかクリスの名を口にしただけで、顔が熱くなるような気がした。

「あのクリスが？」

アダムとクリスの間には何があったのだろうと思えるくらい、彼は声を荒らげた。

「失礼した。彼は決して人に教えないと聞いていたからな」

コホンと動揺を隠すかのように、アダムは空咳（からせき）をしてから言葉を続ける。

「あのクリスがそう言っているのであれば、きちんと教育を受けたほうがいい。そのほうが君の活躍の場も増えるし、騎士団にとってもプラスになるだろう。シフトは俺のほうで調整するから気にするな。むしろ休みを増やすからその一日を魔法の教育に当ててもらえ」

「はい、ありがとうございます」

「いや。俺も国王から言われたんだよ。もう少しフローラの休みを増やし、あのクリスと一緒にいる時間を作ってほしいってな。そう言われてもただ休みを増やせばいいというものではないだろ？だが、これであれば君はあのクリスと共有する時間が増えるわけだし、君自身も魔法の勉強ができて一石二鳥、一挙両得」

アダムがほくほく顔で呟いた。

それを聞いてフローラも、これがクリスと一緒に過ごす口実になってしまうことに思い至り、また頬を熱くした。

次の日、フローラはまたも私服でクリスを待っていた。

フローラがクリスと外で会うのは、これで二度目だ。

しかし、いくら国の政策の一環で始めたお付き合いで、できるだけ二人で会って時間を共有するようにとは言われているものの、彼への連絡手段がなかった。前回のデートだってアダム経由で伝えられたのだ。

その件をアダムに相談し、アダムから宰相に連絡がいき、なんとかクリスと連絡がとれた。そしてその後は、職場の違う二人のために連絡手段が確立された。今後はアダムを経由しなくてもクリスと連絡ができるようになるはず。

フローラは手持ちの少ない外出用のワンピースから、淡い水色のものを選んだ。今回は魔法を教えてもらうことが目的であるため、効率性を重視して仕事のときと同じように髪の毛を一つに結わえた。

そうやって居住区の入り口で待っていると、深緑色の魔導士のローブを身にまとったクリスが迎えに来てくれた。

「お待たせしました」

彼の屋敷までは馬車での移動となった。

居住区からクリスの屋敷まで、馬車に揺られて三十分ほど。王都の東側にローダー侯爵家の屋敷はあった。

白漆喰の外壁には青い屋根が映え、大きな窓が等間隔に配置されている。二階部分にはバルコニーもあり、青銅の手すりは複雑な蔦模様から成っている。左右対称の作りの建物の両端には尖塔が建っており、建物の奥行きもだいぶあるだろうが、正面からではわからない。

「え、と……こちらがクリス様のお屋敷ですか？」

フローラはぱちぱちと目を瞬いた。

「そうです。普段はこちらにいるよりも、研究室で寝泊まりすることが多いので、滅多に戻ってきませんが。昨夜、帰ってきましたところ、使用人たちには驚かれてしまいました」

屋敷、使用人。仕事では幾度も目にしているものの、フローラの私生活では関わりの薄いものだ。

「お話には聞いておりましたが……」

先日、クリスの家族についてはそれとなく聞いていた。彼の父親は地方に領地を持っており、今はそこで静かに暮らしているらしい。

領地を所有しているだけの家柄だから相当なものだろうとは思ってはいたが、実際に目にすると、田舎出身であるフローラの想像を遥かに超えたものだった。

クリスに案内され屋敷に入れば、ずらりと並んだ使用人たちに出迎えられた。

「旦那様。お部屋の用意は整っております」

その言葉に頷（うなず）いたクリスに手を引かれ、フローラは部屋に案内された。

「この部屋はあなたのために用意した部屋ですから、自由に使ってください」

淡い薄紅色の壁紙、並んでいる調度品は小ぶりの花をモチーフにしているものが多い。普段、フローラが使っているものとは違いすぎて、気持ちが落ち着かない。それでもクリスがフローラのためにと準備してくれたもの。

「あ、ありがとうございます」

「荷物はどうぞこちらに置いてください。それからこれを」

クリスが手渡してきたのは、深い青色の魔導士のローブだ。

「ローブ……わたしが着てもよろしいのでしょうか？　ローブは魔導士の象徴だとも聞いております」

「はい、問題ありません。団長の許可も取ってあります」

フローラがローブを受け取ろうとしたところ「私が着せてあげましょう」と、クリスが羽織らせてくれた。

「あぁ……やはり似合いますね。わかりますか？　このローブの色は私の瞳の色によく似ています」

「ローブの色に意味はあるのですか？」

「ありません。自分の好きなものを好きなように着ます」

フローラはクリスのローブを頭のてっぺんから爪先までざっと眺めた。

「クリス様のローブの色は、わたしの瞳の色によく似ていますね」

顔合わせをしたときも彼はローブ姿であったはずなのに、そのときは何も感じなかった。

「お気づきになりましたね。私もそう思っています。ですから、あなたにはこの色を選びました」

つまり、互いに互いの瞳の色のローブをまとうようにと、そんな考えのもと選んだようだ。

「ありがとうございます。クリス様に選んでもらえたことが嬉しいです」

「あぁ。フローラは本当に可愛らしい。本来の目的を忘れそうになってしまうところですが、限られた時間、しっかりと魔法の練習をしましょう」

「はい、よろしくお願いします」

「では、練習場所に案内します」

部屋を出てエントランスを奥に進み、その先にある大広間から裏庭に出られるようになっていた。

裏庭には、何もなかった。大広間から丸見えであることを考えれば、人の目を楽しませる色とりどりの花が植えられていてもおかしくはない。

「私は昔からここで魔法の練習をしておりました。この場にあなたと二人でこうしていられることに運命を感じます」

クリスはフローラの銀白色の髪を一束手にすると、そこへと口づける。

「クリス様。いったい、何を……」

「私の魔力を、少しだけあなたに注いでみました」

予想外の行動にフローラはあたふたしてしまう。それなのに彼は平然としている。

「フローラは魔法の教育を受けたことがないとのことですので、基本的なところから始めますがよろしいですか？」

「はい。きちんと教えてください」

「よろしい」

そこでクリスはパチンと指を鳴らす。するりとフローラのリボンが解け、髪が広がった。

「魔導士に長髪が多い理由ですが、長い髪には魔力が宿るとも言われているからです」

「クリス様は短くされておりますよね？　大丈夫なのでしょうか？」

「ええ。魔導士だからといって必ずしも髪を伸ばす必要はありません。特に私のように膨大な魔力量を保持すれば、そんな戯れ言など一掃できるわけです」

「戯れ言……ですか？」

「ええ、私から言わせれば戯れ言です。ただ、魔導士の九割以上はそれを信じておりますので、そのことを決して否定してはなりません」

フローラは深く頷いた。

「それから、このローブですが、これも魔力が高められるように施されています」

「クリス様のような方であっても、ローブは必要なのですね？」

今の話を聞けば、クリスはローブなどなくてもじゅうぶんに魔法が使えそうな気がしたのだ。

「はい。防寒にも適しておりますし、外敵からの攻撃を軽減させる効果もありますからね。それに、私の場合は逆に魔力をおさえる効果もありますので」

「んんっ？」

一般的な魔導士とクリス。言っていることが真逆のような気がしてきて、フローラは混乱し始める。

「申し訳ありません。私も興奮して調子に乗ってしまいました。魔導士の髪には魔力が宿る。ローブには魔力を高める効果がある。まずはこの二つを覚えていただければ問題ありません。以上が前置きです」

「はい」

フローラは彼の教えをしっかりと心に刻むようにと、力強く返事をした。

「では、続いてこの世界の魔法についてお教えします。魔法は四元素から成り立っておりますので、属性は土、水、風、火の四つにわけられます」

それはフローラも本で読んだ。特にクリスが薦めてくれた魔導書は、この辺のことをきっちりと書いてあったのでわかりやすかった。

「そしてこの属性ですが、相性というものがあります。まるで私とあなたのように」

そこでクリスが濃艶な色気をまとわせた視線をフローラに向けた。しかしフローラはそれを「なるほど」と受け流す。

「私の冗談が通じないようで、寂しいです」

「気づかず申し訳ありません」

今のどこが冗談だったのかと、フローラはやりとりを思い返す。

「あぁ、そういう真面目なところも愛らしい。ですが、話を本題に戻します」

クリスがニコリと微笑(ほほえ)んだ。

その笑顔を目にしたフローラは、ほっと胸をなでおろす。いちいち翻弄(ほんろう)されていては身がもたないが、クリスが臍(へそ)を曲げてしまったらどうしようかと焦っていたのも事実。

サミュエルは、自分の意見が通らないと不機嫌になったものだ。それを幾度となく宥(なだ)めてはいたけれど、その宥め方にすら文句を言われたこともある。

『おまえには俺の気持ちなんてわからないんだよ』

結局はその一言を口にされ、気まずいままで終わる。だというのに、しばらくすればけろっとして声をかけ、フローラを押し倒す。そんな人だった。

「まず、フローラと相性のよい属性ですが、どうやら水属性のようですね。あなたの髪の色、その白っぽい色は水の色でもあります」

彼が言うように、三つ使える魔法のうち、水魔法だけは他の二つよりも得意だ。

「……質問してもよろしいでしょうか」

フローラは恐る恐る声をあげた。

「はい、もちろんです。私とフローラの仲ですから、遠慮せずになんでも聞いてください」

その言葉に安堵（あんど）し、フローラは軽く笑んだ。

「クリス様の得意とする属性をお聞きしてもよろしいですか？　もしかして、やはりクリス様の髪の色と関係するのでしょうか」

「そうですね。あなたのおっしゃるとおり。私の基本属性は、この髪色が表すように土になります」

そう言ったクリスの艶のある黒髪は、太陽の光を受けいっそう美しく輝く。

「他には、風は赤、火は黄というのが一般的です。それは魔法を使う能力は遺伝するからというのもあるかもしれません」

そこまでの説明を聞いたフローラは、魔導士団の面々を思い出す。団長のノルトは金髪だがどこか黄色みを帯びているし、赤い髪の魔導士もいる。

「もちろん、この理論に則らない魔導士もおります。今はいろんな血が混じっておりますから。フローラの髪も白っぽい色であって純粋な白ではありませんし。以上が魔法の基礎となります」

クリスの説明を聞いているだけでも心地よい。もちろん内容を理解しようという気持ちはあるものの、彼のその声を聞くだけでも心が落ち着くのだ。

「それから、それぞれの属性と対立になっている属性もあります。火と水、そして土と風。こちらは対立属性となります」

それを聞いたとき、フローラはなぜか安心した。クリスの属性とは対立していない。

「どうかされました?」

「いえ。クリス様と対立の属性でなくてよかったなと。そう思っただけです」

できるだけ気持ちを伝えよう。

それがクリスと出会って、フローラが心がけていること。

彼はフローラがどんなことを言っても怒鳴らないし、受け流すこともしない。真剣に聞いて、なんらかの言葉を返してくれる。

それもあってクリスの前では素直に気持ちが言葉に溢れてくれるのだ。

するとクリスもその美しい顔に笑みを浮かべた。

「フローラ。今のその言葉がどれだけ私を喜ばせたか、あなたは知らないでしょう。今すぐにでもあなたを抱きしめたいところですが、我慢します」

そう言ったクリスの手は、一瞬、宙をさまよった。

「我慢しながらも続けます。四元素が基礎となる魔法ですが、それ以外の魔法も実は存在します」

「それ以外ですか？」

少なくともフローラが読んだ本には、そのようなことは書かれていなかった。

「はい、光と闇。この二つの属性は特別な属性になります。そして数十年前には、四属性の他にも光と闇、すべての属性を使える魔導士——聖人と呼ばれる者も存在したようです」

「聖人、ですか？」

「まぁ、お伽噺などでは聖女とも呼ばれますが、何も女性にかぎったことではありませんので、我々は聖人と呼んでおります」

また新しい言葉を一つ覚えた。

今までの話は難しいものではなかった。むしろ楽しい。クリスからの講義のせいか、もっと知りたいという欲求が溢れてくる。

「では、次は実際に魔法を使ってみましょう」

クリスからの魔法講義は、そこから約一時間半続いた。

「さすがフローラですね。私の話についてきてくださって、嬉しいです」

「魔導士のみなさんには、このように教えたりはされないのですか？」

「しなければならないときもあるのですが、皆、途中で理由をつけていなくなってしまうのです。

なぜでしょうね？」

そう聞かれてもフローラにはさっぱり理由がわからないため「なぜでしょうね」と首を傾げてしまった。

「そろそろお腹が空きましたね」

クリスがそう口にしたとき、裏庭の入り口のほうに細身の壮年の男性の姿が見えた。

「フローラ。紹介がまだでしたね。こちら、私が不在の間、この屋敷の管理を任せている執事のジョアンです」

ジョアンは落ち着いた物腰で、何か不便なことがあれば遠慮なく伝えてほしいと言った。

「そしてこちらがフローラ。私が今、お付き合いをさせてもらっている大事な女性ですので丁重にもてなしてくださいね」

「もちろんでございます」

そう答えた執事の顔は、にこやかなものだった。

クリスはフローラの手を取り、屋敷の中へと戻った。

「あ、そうだ。クリス様」

フローラは大事なことを忘れていた。

「どうかしましたか？」

「あの……以前、お約束したお菓子ですが……」

言い出してはみたものの、やはりどこか恥ずかしい気持ちがあった。図々しくはないかとか、そういった思いもどこからか湧き起こってくるのだ。

だが、相手はクリスだ。フローラのどんな言葉もきちんと受け止めてくれる彼だ。

「お持ちしましたので。もし、よろしければクリス様に食べていただきたくて……」

「では、食後にいただきましょう。楽しみですね」

そこでクリスは一人の侍女に声をかけた。フローラの手はクリスから侍女へと移る。

あれよあれよという間に部屋へと通され、そしてなぜか、ドレスに着替えさせられていた。

このような立派な服、普段のフローラであれば絶対に着ない。それに護衛という形でパーティーに参加はするものの、そのときは式典用の騎士服だ。だからドレスを着る機会などなかった。

「お似合いですよ。旦那様もお喜びになられると思います」

フローラを着飾った侍女はそう言って、手早く髪の毛も編み込んでくれた。

フローラは姿見に自身の姿を映し、腕を広げて見たり後ろを向いてみたりと、その姿を確認する。

明るい青色のドレスは、肩も胸元も大きく開いていて少し恥ずかしい。膨らみをおさえたスカート部分には幾重にもレースが重ねられ、光の加減によって色目がかわるのが面白い。

「あの、少し恥ずかしいのですが……」

そう言ってフローラが胸元を隠す仕草をすると、有能な侍女はすぐさま銀色のショールを肩にかけ、きゅっと縛って胸元を隠してくれた。

「フローラ、準備はできましたか？」

扉の外からクリスの声が聞こえると、侍女は黙って扉を開けて、彼を中へと案内する。

「あぁ、本当に美しいですね。ところで、こちらのショールは邪魔ではありませんか？」

フローラの全身に頭から爪先までさっと視線をめぐらせたクリスは、胸元を覆うショールを見つめている。

「邪魔ではありません」

答えてフローラはショールを奪われないようにときつく握りしめた。

「そうですか、残念です」

クリスが差し出した手に、フローラは自然と手を重ねた。

食堂に案内され、クリスが椅子を引いてくれた。驚き彼の顔を見上げれば「私がしたいのです」と、喜びの笑みを浮かべる。

「ありがとうございます」

こうやってクリスが与えてくれる一つ一つの些細な行動に、フローラもなんとか対応できるようになっていた。

それでも食事が運ばれてくればまた別だ。

気が張り詰めていて、食事の味がまったくわからない。先日の料理店ではこのようなことはなかったのに、今日は周囲の使用人たちの目が気になるのだ。

「フローラの所作は美しいですね」

クリスにそのようなことを言われてしまえば、フローラはさらに動揺してしまう。動かしていたナイフをきゅっと止める。

「はい。父から厳しく言われておりましたので」

父親と一緒に住んでいたとき、彼はこういった所作の一つ一つにうるさかった。田舎貴族だがいつか必要となるときがくると言われ、特に挨拶と食事のマナーについてはしっかり教えられた。

「そうなんですね。もしかしてフローラ、緊張されていますか？」

「はい。このようにクリス様のお屋敷で一緒に食事をいただいておりますので、とてもドキドキしています」

そんな二人のやりとりを少し離れた場所で、使用人たちが見守っている。

「なるほど。恐らく彼らが近くにいるからでしょうね。私と二人きりであれば問題ありませんね？」

そう言ったクリスは、執事を初めとする使用人らを一瞥（いちべつ）する。

「ち、違います。わたしが勝手に緊張しているだけです。このような素敵なドレスも着せていただきましたし……」

「ええ、そのドレス。本当によく似合っております。ただ、やはり私としてはそのショールはいらないと思うのです」

「いえ、必要です」

「旦那様。奥様になられるかもしれないお方を、あまりいじめないようにお願いします」

ジョアンが助けてくれた。さらにその言葉に同調するかのように、他の使用人らも一斉に頷く。

「私はいじめてなどおりませんよ。愛でているのです。それよりも、あなたたちは相変わらず邪魔ですね。食事が終わったら二人きりにさせてください」

結局、火に油を注いだ状態で、フローラは余計に緊張してしまい、最後まで食事の味がわからなくなってしまった。

食事を終えると、サロンへと案内された。

侍女が無言のままてきぱきとお茶とお菓子をテーブルの上に並べ、黙って頭を下げて部屋から立ち去った。

どれも王都でも有名な菓子店の新作のお菓子ばかりだ。

このような立派なお菓子が並べられている中、少し不格好な手作り菓子を出すのは気が引ける。それでも約束は約束だと自身に言い聞かせ、フローラは隣に座っているクリスにお菓子の入った箱を手渡した。

「クリス様。こちらになります」

クリスはすぐさまそれを受け取り、膝の上でリボンを解く。パカッと箱の蓋を開けると、そこにはクッキーがたくさん入っていた。

「あなたがこれを作ったのですか？」

クリスに尋ねられても、フローラは頬を赤く染めて頷くだけ。

「食べてもいいですか？」

その言葉にも、フローラは素早く首を縦に振った。

サミュエルであれば、そこにお菓子があれば何も言わずに食べた。それが買ってきたものであっても、フローラが作ったものであっても、お菓子という枠組みでひとくくりされてしまうのだ。だから彼は、フローラが作ったお菓子に対して「美味しいね」と言ったこともない。

だけどクリスは、目を輝かせて箱からクッキーを一つつまんでいる。そのクッキーを顔の前にかざし、角度を変えて見つめている。しばらくそうやってクッキーを眺めてから、ぱくりぱくりと二口で食べた。

「どうですか？」

「ええ、美味しいですよ。とても優しい味がしますね。フローラの味ですね」

美味しい。そのたった一言が、涙が出るほど嬉しい。

「あなたも食べますか？」

そう言った彼の口には、フローラが作ったクッキーが咥えられていた。焼き菓子は、彼の口に入ることなく、その場にとどまっている。

「え？」

「さあ、どうぞ」

クリスがフローラの両肩に手を添えた。

どうぞ、と言われても焼き菓子は彼の口に咥えられているわけで、それをどうやって食べればいいのかがわからない。

それでも「ほら、ほら」と言わんばかりに、クリスが咥えたお菓子を突きつけてくるので、フローラは思い切って顔を近づけ、唇で食(は)んで奪い取った。

クッキーは途中でパリンと二つに割れた。フローラは慌ててクッキーを飲み込む。

「残念です。私としては、このままあなたが食べてくれることを期待したのですが」

残った半分のクッキーを食べ終えたクリスは、残念そうにペロリと唇を舐(な)める。

「それでは、クリス様の唇と当たってしまいますから」

つまりキスだ。

羞恥(しゅうち)に包まれたフローラは下を向いた。

「それを期待していたんですけどね。寂しいです」

「え？」

フローラが再び顔をあげれば、不意にクリスの顔が迫ってきて、ちゅっと軽く唇が重なった。

「ク、ク、クリス様。いったい、何を？」

クリスは満足げに微笑む。

「あまりにもあなたが可愛すぎたため、味見です。ですがこれ以上は我慢できなくなるので、今日はこれだけにします。フローラは気づいていないかも知れませんが、今日の私はたくさん我慢をしているのです」

「そうなのですね？」

「できれば私としては、これ以上の関係に進みたいと思っているのですが、よろしいですか？　そうすれば、私も我慢しなくていいと思うのです」

そう言ってクリスは、フローラに近づくかのようにして座り直す。

「クリス様のおっしゃる、これ以上の関係というのは……」

「そうですね。まずはあなたを熱く抱擁（ほうよう）するところから。その次はやはり濃厚なキスでしょうか」

「熱く抱擁……濃厚なキス……クリス様は、わたしがわからないようなことをご存じなのですね」

サミュエルとのキスは唇と唇を合わせるだけ。そして毎度いつの間にか服を脱がされていた。だからクリスの言う、熱い抱擁も濃厚なキスもよくわからない。

なぜか、クリスの唇の端が震えている。

「いや、昔の男の話を聞くのは野暮というものですよね。今、密（ひそ）かにあなたの昔の男性に嫉妬を覚えました」

「クリス様が嫉妬されるような相手ではありませんよ」

「なるほど。ですが、私の気持ちがおさまりません。熱い抱擁をさせてください」

いきなりクリスが身体を抱き寄せ、きつく抱きしめる。フローラの背中にはしっかりとクリスの両腕がまわっている。

「クリス様……」

今までになく密着して、彼の熱い吐息も鼓動もすぐ側で感じる。

「フローラ……私のことも抱きしめてくれませんか？」

フローラも彼の背に向かっておずおずと両腕を伸ばした。

「いつもよりも近くにあなたを感じます」

「わたしもです。ですが、やはり恥ずかしいです」

「なるほど。それでは、これはどうですか？」

そう言ってクリスはフローラの顎を捉え、口づける。

唇と唇をただ合わせる口づけは、次第にクリスがフローラの唇を食み始める。さらにクリスの舌がフローラの唇を舐め、驚き少し口を開けた瞬間に口腔内へと侵入してきた。舌と舌が絡まり合う。

「んっ……」

くちゅりくちゅりと唾液の絡まる音は、身体の奥に隠れている官能の熱を呼び覚ます。その間、クリスは何度も角度を変えては口づけ、フローラはされるがまま。

「ん、んっ……」

呼吸を求めようとすれば、鼻から抜けるような甘い声が勝手に漏れ出た。

クリスの手はフローラの後頭部に回され、絶対に逃がさないという強い意志すら感じる。

フローラも絡め合った舌から、これほどまでの愉悦を感じるとは知らなかった。その気持ちよさに翻弄され、次第に頭はぼんやりとしてくる。

「はぁっ……ん、んっ……」

身体が溶け出しそうなほどの快楽に包まれた瞬間、クリスは唇を離した。

「申し訳ありません。やはり、私の我慢がきかなくなりそうです。あぁ、そのような目で見られたらなおさら……」

そこでクリスはすっと立ち上がる。

「ダメです。もう爆発しそうだ。少々お待ちください。気持ちを鎮めて参りますので」

慌てた様子でクリスは部屋から出ていった。それからすぐに遠くから、ボン、ボン、ボン、と爆発音が聞こえた。

その後、午後の授業を少しこなし、クリスに見送られフローラは帰宅した。

いつものクリスであれば馬車にまで乗ってきそうだが、「二人きりになってしまったらもう我慢できませんので」と言われ、フローラは赤面しながら一人で馬車に乗り込んだ。

自室に到着し、フローラはワンピースがしわになることもかまわず、ベッドに身を投げた。

そしてそっと自分の唇をなぞる。

「キス……してしまった……」

確かに結婚が前提のお付き合いだから、これくらいはあるだろう。いい大人だし、サミュエルとだって何度もしたことがある。

だというのに、まるで初めてキスをしたかのようにずっと胸のときめきが治まらない。それにキスとはずっと、唇と唇を合わせるだけの挨拶のような、情事の前の合図のような儀式だと思っていた。

「わたし、なんだか変だわ……」

枕に顔を押し付けて、フローラはひとりごちた。

◆

次の日。珍しくクリスは自分の意思でノルトの執務室を訪れていた。

「で、どうだったんだ？　フローラ嬢は」

ノックもせずにクリスが入室した途端、ノルトは顔もあげずにそう尋ねた。彼の執務机の上には、こんもりと書類が山積みにされている。

「ああ。やはり団長も私の惚気話が聞きたいのですね」

「惚気じゃねぇ。魔法のほうの話だ」

残念ですね、とクリスは呟き、いつもと同じように勝手に長椅子に座る。もはやこの執務室でのクリスの定位置のようなものだ。

ノルトも呆れたようにくしゃりと金色の髪をかき上げると、重い腰をあげてクリスの向かい側に座る。

「で？　どうだったんだ？」

「やはり、彼女の魔力は封じられているようですね」

クリスの言葉で眉間に深くしわを刻んだノルトは、腕と足を組む。

「見よう見まねで魔法付与をやってのけた彼女ですが、基本属性は水でありながらも土と火も使えるのですよ。話では聞いておりましたが、今回は私がこの目でしっかりと確認しましたからね。対立属性まで含む三属性となれば、一等級の魔導士なみですよ。魔法騎士の彼らは、基本的には一属性しか扱えませんからね」

魔法と剣技に優れている彼らは、その魔法は魔導士より劣りその剣技は騎士に劣る。だが、双方を融合した技量を持つ。

「それでも魔力が封じられている状態なのですから、もしかしたら彼女は特級魔導士なのかもしれません」

どこもかしこも魔導士の技量不足。そもそも魔力と呼ばれる力の特異性ゆえ、仕方のないことでもある。

残念ながら、現在の魔導士団には一等級の魔導士が不在なのだ。そして二等級がやっと五人。所属する魔導士らのほとんどが三等級というのが現状で、彼らの等級をあげるのも、魔導士団に所属するトップらの役目にもなっている。

また、四元素に属さない光と闇がある。

治癒魔法は光属性となり、治癒魔法を使える魔導士は無条件で特級魔導士となる。同じように全ての属性を打ち消す闇魔法が使える者も特級魔導士となるが、闇魔法は禁忌(きんき)魔法とされ、現在のところ闇魔法の使い手はいない。

そして光と闇、この二つは対立属性となり、闇を打ち消すのは光、光を打ち消すのも闇とされている。

「フローラ嬢の封じられた魔力を解放する条件はわかったのか？」

「まさか、そんな簡単にわかるようなものではないですよね」

ノルトは腕を組んだまま難しい顔をしており、クリスはふっと鼻で笑う。

沈黙の時間、二人はそれなりに考えをめぐらせる。

だが、先に根をあげたのはノルトだった。微妙な空気に耐えかねたのか、話題を変えてきた。

「そういや、クリス。おまえの相手のフローラ嬢だが、魔法騎士でありながら近衛(このえ)騎士なんだよな？　護衛をしてるんだよな？」

「そうですが、それが何か？　たしか……第一王女の護衛を務めているはずです」

クリスの言い方は相変わらず無礼である。

だが、クリスとはこういう男なのだ。ノルトも苦笑を浮かべることしかできない。

「まあ。その、なんつうかな。おまえの話に出てくるフローラ嬢と、あの護衛のフローラ嬢のイメージが異なっていてな。だから、もしかしたらおまえのフローラ嬢は別なフローラ嬢なのかと思っただけだ」

「何を寝ぼけたことを口にしているのですか？　団長もそろそろ四十ですからね。若いのはその見た目だけですよね。だからって、引退されても困るんですけど。私だって副団長だなんて面倒な立場はいりませんし、団長なんてもってのほかです。私が辞めるまで辞めてもらっては困ります」

早口で一気にまくしたてられ、ノルトは渋面になる。

「おまえ、なにげに問題がすり替わってるし、さりげなく俺をバカにしてるだろ。まあ、おまえのそれは今に始まったことではないからな。心の広い大人な俺は気にしない」

「そうでした。団長がとうとうボケてしまったのかと思って、焦ってしまいました。フローラのことですよね。フローラのような素敵な女性が、この世に二人もいたら大変じゃないですか」

うっとりとした様子のクリスは、頭の中でフローラの姿を思い描いている。

「てことは、やっぱりジェシカ様の護衛を務めているフローラ嬢がおまえのフローラ嬢なのか？」

「ですから、先ほどからそう言っていますよね？　やはり団長、とうとうボケてしまわれましたか？」

「いや、だからな。おまえの話から受ける印象と、護衛のフローラ嬢の雰囲気があまりにも異なってだな」

クリスは、職務についているフローラの姿を見たことがない。だから、彼女の存在すら知らなかったのだ。

いや、もしかしたら目にしたことはあったのかもしれない。なによりもジェシカの護衛なのだから、いつも彼女の側にいるはずだ。クリスはジェシカと何度も顔を合わせているのだから、その近くにフローラの姿もあったのだろう。

だが、まったく思い出せない。

当時のクリスにとって、ジェシカ付きの騎士なんて眼中にない。

「いや、ま。いいんだ」

ノルトがぽそりと言う。

「いえ、よくはありませんね。私でさえ意識して見たことのない職務中の彼女を、なぜ団長であるあなたが見ているんですか」

まったくもって理不尽な質問だ。だがクリスにとってはそれどころではない。ノルトに対する嫉妬が、ふつふつと湧き起こってくる。

「おまえなぁ。だったらいっそのこと、団長やるか？」

「いえ、それは結構です」

「さっき、上から招集をかけられたんだ。ジェシカ様の外交の件でな。そこでフローラ嬢を見かけたから、おまえの相手かと思って四度見してしまった」

「四回も見ないでください。彼女が腐ります」

「いや、な。一度目はあの護衛がおまえの相手かぁと思ってな。だけど、なんか話に聞いていたのと違うと思ったのが二度目だ。三度目は、やっぱりおまえの相手はあの護衛なのかと思い直し、確認のために見た。だけどやっぱり人違いだろうということで、四度見たところで終わった。とにかく、おまえの話のフローラ嬢とジェシカ様の護衛のフローラ嬢は、別人にしか見えない。なんちゅうのかな、おまえの話を聞いているとぽわぽわっとしたイメージなんだが……」

ノルトはご丁寧に四度の理由を説明したのだ。そうでもしなければ、クリスに嫉妬の炎で燃やされるとでも思っているかのように。

「では、団長の目が腐っているのですね」

それでもクリスの機嫌がよかったのは、定期的にフローラと会えるようになったからだろう。初めてのデートと昨日、まだたったの二回しか会えていない。交際そのものは十四日も前に始まったというのに。

「おまえ……気持ち悪いくらいに機嫌がいいな……」

ノルトは不気味なものでも見るかのように、目を細くした。

「そうですか？　まぁ、怖くて家に帰りたくないと言っている団長にはわからないかもしれませんが。明後日もフローラと会えるのですよ」

「まぁ、そうなるように調整したからな、この俺が。国の力が動いているのに、会っていないとかありえないだろ？　国家予算の無駄遣いだ」

「なるほど。となれば、やはり私とフローラが結婚しなければ、その予算はどぶに捨てたようなものだと」

「そうなるだろうな」

ノルトは呆れたように、大きく肩を上下させて息を吐いた。

「団長にはまた私の惚気話を聞かせてあげますよ」

そう言ったところで、クリスは席を立った。

「ああ、わかったわかった。フローラ嬢の魔力解放の方法がわかったら教えてくれ」

しっしっと犬でも払うかのようにノルトは手を振った。

そんなぞんざいな扱われ方をしたとしても、クリスの気分は晴れたままだった。

しかし、クリスの喜びに満ちた気持ちを吹き飛ばすような出来事が起こってしまったのはその次の日。

「職務中だ。その手を放せ」

凛々しい女性の声が聞こえてきたのは、王城の地下書庫からの帰り道だった。

第三章

九十五パーセントの夜

王城の通路で、フローラは自身の腕を掴んでいる騎士服の男性を一瞥する。

ジェシカの後ろを歩いていたところ、その間に身体をすべり込ませ前に立ちはだかり、いきなり腕をとってきた。もちろん、その男の顔に見覚えはある。サミュエルだ。

「職務中だ。その手を放せ」

少し離れた場所には護衛対象のジェシカがいる。彼女はもう一人の女性騎士に身を守られるようにして、こちらに身体を向けていた。

「フローラ、待ってくれ。俺の話を聞いてほしい」

「ジェシカ様にもご迷惑がかかる。後にしろ」

フローラが腕を振り払おうとするが、サミュエルも同じ騎士団に所属する者。そのくらいでは掴んでいる手を放してはくれない。

「だったら、仕事が終わったら会うと約束をしてくれ。そうしたらこの手を放す」

「わかった。だからその手を放せ」

フローラがそう言ったところで、サミュエルも渋々ながら離れていく。

「ジェシカ様。個人的なことでお騒がせして申し訳ございません」

膝をついて第一王女であるジェシカに謝罪する。

「気にしないで、フローラ。私は面白いものを見せてもらったから」

うふふ、とジェシカは可愛（かわい）らしく笑った。さすが王族。フローラより五つも年下だというのに落ち着いている。

「では、参りましょう」

「ええ」

フローラは何事もなかったかのように歩を進めた。

冷静な顔とは裏腹に心境は複雑だった。なぜ今頃になってサミュエルが自分に会いにきたのか。

彼と別れたのは二か月以上も前の話だ。

その後、フローラは黙々と仕事をこなした。

夕方になって、もう一人の女性騎士に仕事を引き継ぎして帰路につく。

明日はクリスに魔法を教えてもらう日だ。それを考えれば自然と顔が緩むものの、これからサミュエルとの約束があったことを思い出し、憂鬱（ゆううつ）な気持ちになる。しかも職務中に個人的なことで声をかけてくるとは、規律違反だ。王族の前で無礼をはたらくなど、不敬罪でクビになってもおかしくはない。

サミュエルはきっと、この王城の裏門を出たところで待っているだろう。いつもそうだった。

「フローラ」

考えていた通り、彼はそこにいた。フローラは金糸銀糸によって装飾された白の騎士服姿だが、サミュエルは濃紺の飾り気のない騎士服を身につけている。そのデザインや色が異なるのは、フローラが王族の護衛を務める近衛(このえ)騎士で、見た目も重要視されるうえに瞬時に動く職に対し、警備隊に属する彼は常に身軽に動く必要があるからだ。

「さっきは、その……ごめん。だけど、ああでもしないと君と話ができないと思って」

「それで、どんな用？」

通路から避けるようにと、少し移動する。

「いや、その……だから、君とやり直したいんだ。俺にはフローラ、君が必要なんだ」

サミュエルが両手を広げてフローラを抱きしめようとしてきたため、ひょいっとそれを避けた。

今までのフローラであれば、黙ってそれに従っていただろう。それに、今までのサミュエルはこうやってフローラを抱きしめることすらなかったはず。

「ごめんなさい。あなたとはもう終わったから」

「だから、やり直したいんだよ」

行き場を失ったサミュエルの手。しばらく宙をさまよってはいたものの、彼は所在なさげに腕を組んだ。

「わたし……他にお付き合いしている人がいるの」

終わったと言ってもしつこいのであれば、やはりここは正直に話すべきだろう。

「他のヤツだと？」

ひゅっと気温が少しだけ下がったように感じるほど、サミュエルの表情が一変した。組んでいた手をほどくと、乱暴にフローラの手首を掴みあげる。

「痛い、放して」

「相手は誰だ。今から俺がそいつに会って、おまえと別れるように言ってくる」

「やめてっ」

フローラは掴まれている右手を振り上げる。だが、彼は決してその手を緩めようとはしない。空いている左手でサミュエルの手を捉え、引き剝がそうと試みるものの、その手すらサミュエルに封じられてしまう。

優男風の垂れ目にギラギラと炎を宿らせ、サミュエルが叫ぶ。

「フローラ。おまえ、誰と付き合ってるんだよ。俺と別れてからそんなに経ってないだろ？　すぐに身体を許したのかよ」

「やめて、放して。あなたに言うことなんて、もう何もない」

「放さない。おまえがその相手の名前を言うまで、絶対に放さない」

クリスの名を口にしてはならない。クリスの名前が知られたら、彼に迷惑をかけてしまう。

「もう終わったんだから、わたしが他の誰と付き合おうが関係ないでしょ！」

やめて。放して。

それを何度も言いながら、サミュエルの腕を振りほどこうとするフローラだが、同じように騎士で鍛えている彼には力で負けてしまう。

最後の手段は、クリスに教えてもらった魔法を使うこと。これを使ってサミュエルを油断させ、その隙に逃げればいい。

だけど、追いつかれたら？　家にまで入ってこられたら？

次から次へと不安が押し寄せ、なかなか行動に移せない。

――バンッ！

そのとき、サミュエルめがけて鋭い風が当たった。かまいたちのような鋭い風ではなく、空気の塊のような重い風だ。

「痛っ」

フローラの手が解放される。

「まったく、男の嫉妬とは見苦しいですよ。まぁ、私に嫉妬する気持ちもわからないでもありませんが」

「クリス様！」

突然姿を現した深緑のローブ姿の男は、間違いなくクリスだ。

「なんだ、おまえは。おまえには関係ないんだよ」

手首をさすりながらサミュエルは怒鳴りつける。

「残念ながら関係あるのですよ」

クリスはゆっくりとフローラに近づくと、さっと腰に手をまわして抱き寄せた。

「彼女の相手は私ですからね」

すぐさまクリスはフローラの顎(あご)に手を添え、サミュエルに見せつけるかのようにして深く口づける。

「あっ……ん、ふっ……」

思わぬ抱擁(ほうよう)に驚きつつも、フローラはそれに応えた。クリスの背にしっかりと腕を回し、甘い愉悦(ゆえつ)に酔いしれる。

クリスはさらに攻め立て、息もできぬような激しい口づけの合間に息をつこうとすれば、すかさず舌を絡ませてくる。

「やっ……ん、んっ……」

背筋がぞわりとして、足から力が抜けそうになった。

「申し訳ありません、やりすぎました」

唇を解放したクリスはぺろりと唇を舐(な)め、フローラの身体をしっかりと支えながらも上からのぞき込む。

「……クリス様」

「そのような熱っぽい目で私を見つめないでください」

麗しい笑みを浮かべたクリスは、サミュエルに刺さるような視線を向ける。

「おわかりになりましたか？　私たちがこんなに愛し合っている事実を」

そこでフローラは、その場にいたサミュエルの存在を思い出す。

サミュエルはぎりぎりと唇を噛みしめたまま、クリスを睨みつけていた。

クリスとサミュエル。互いに睨み合い、好機を探っている。しかし、先に脱落したのはサミュエルだ。

「ちっ。そんな尻軽女。こちらから願い下げだ。せいぜい俺のお古で楽しむんだな」

フローラの胸はずきりと痛んだ。サミュエルは、フローラをそう思っていたのだ。

クリスと付き合い始めて、サミュエルとの関係は本当に恋人同士と言えるものだったのだろうかと何度も考えた。

だが、今になってわかった。あの関係は恋人同士ではない。ただの都合のいい女だった。

「では、遠慮なくいただきます」

一方クリスは恍惚と勝ち誇った笑みを浮かべていた。

「ああ、フローラ。大丈夫でしたか？　怪我はありませんか？」

両頰を挟み込むようにしてクリスが両手を添える。目の前に心配そうに眉根を寄せるクリスの顔があり、それを目にした途端はらりと涙がこぼれた。

「フローラ、やはりどこか痛むのですか？」

痛むのは胸の奥。だけどそれは、悲しいからとか、怖いからとか、そういう否定的な感情が原因ではない。

「いいえ、大丈夫です。ごめんなさい……クリス様の顔を見たら、安心してしまって」

勢いあまったクリスは、そのままフローラをぎゅうっと力強く抱きしめる。

「いえ。あなたを愛する者として、当たり前のことをしただけです」

クリスの腕に抱かれると、彼の熱と鼓動を感じた。フローラは身を任せる。

「うーん、困りましたね」

「どうかしましたか？」

やっと気持ちも落ち着いてきたフローラは、顔をあげた。

「本当は明日、あなたを迎えにいくつもりでした。ですが今日、今すぐこのままあなたを連れて帰りたい。でも、迎えの馬車が……」

クリスはぶつぶつと呟いている。

「あの」

フローラは思い切って声をあげた。

「わたしの家でもよろしいでしょうか？　すぐそこですし。それに、クリス様にはお礼もしたいので……」

そこまで言って、大胆な言葉を口にしてしまったと、すぐに後悔する。

「お誘いは嬉しいのですが……。今、私があなたの家へお邪魔したら、今のような口づけだけでは済みませんよ？　だからと言って、私のところに来ても結果は同じですが……」

あまり私を煽らないでください——。

耳元でささやかれ、ざわりと肌が粟立った。

クリスが腕の力を緩め、フローラを解放する。だが、クリスの腕をすぐに掴んだのはフローラだ。

「フローラ。私は忠告しましたよ？　本当にいいのですね？」

彼の言葉にコクリと頷く。

このままクリスと別れたくなかった。だからといって、彼を煽っているつもりもない。ただ離れたくないだけ。

その先にそういうことがあったとしても、彼とであれば嫌な気がしない。サミュエルとの行為に感じていた義務感のようなものではない。自然と彼をもっと知りたいと、そう思ったのだ。

クリスはフローラの手を握りしめ「案内してくれますか？」と問う。

もう一度頷いたフローラは、彼と手を繋いだまま歩き出した。

王城関係者が多く住んでいる居住区と呼ばれる場所。王城の裏門から延びる一本道を真っすぐに進めば、すぐにそこに入る。入り口に一番近く、同じ建物がずらりと並ぶ区域がフローラの住んでいる場所でもあった。ここは、有事の際、すぐに王城に駆けつけなければならないような者たちが住んでいる場所でもある。

「こちらになります」

その建物のうちの一つが、フローラの住んでいるところだ。

「こちらの建物は、騎士団で用意されたものなのですか？」

「はい。わたしのように田舎(いなか)から出てきた人たちは、この辺に住んでおります。隣に住んでいる人も同じ騎士です」

「念のための確認ですが、女性ですか？」

「はい？」

「隣人です。隣人は女性ですか？」

クリスが真顔で尋ねてくるが、フローラは笑って「はい」と答える。

「ここの並びに住んでいる人は、全員女性です」

「そうですか、それならば安心です」

クリスが安堵(あんど)した様子を見たフローラは微笑を浮かべる。

「ところでクリス様。お夕飯はお召し上がりになられましたか？」

「そう言われれば……まだでしたね」

「わたしが作りますので、よろしければ……」

おずおずと申し出るフローラの言葉にかぶせるように、クリスは前のめりで答える。

「それは是非ともお願いしたいところです。あぁ、こんなところでフローラの手料理が食べられるとは。今日は、なんという日なのでしょう」

単身用の住居の造りは非常に単純だ。厨房兼食堂、寝室、書斎だけ。そして地下に浴室や化粧室がある。フローラはクリスを食堂に案内すると、急いで騎士服を脱ぎ、動きやすいエプロンワンピースへ着替える。

「すぐに用意しますね」

後ろのリボンをきゅっと締め直しながらクリスに声をかけると「今度は着替えさせてあげますね」と、クリスはわけのわからないことを言う。

フローラは食料庫の中を確認した。毎日この自宅に戻ってくるわけでもないし、いつ、長期不在になるかもわからないため、保存がきく食料が多い。これは、遠征時にも利用するもので、フローラはこの食料を使って器用に調理するのだ。

「ひゃっ」

背中に感じた気配に、フローラは思わず悲鳴をあげてしまった。

「何を作っているんですか？」

いつの間にかローブを脱いだクリスが背後に立っており、肩越しにフローラの様子を見ていた。

「あ、ピタです。手持ちの材料がこれしかないのもあるのですが、よく作るんです。クリス様には物足りないかもしれませんが」

ピタとは平たいパンの上に、ソースと食材をのせて焼き上げたもの。クリスの屋敷でご馳走になった料理と比べたら、貧相なものだろう。

「いいえ。あなたがそうやって作ってくれたものに、物足りないなんてありませんよ。とても楽しみです」

オーブンにまだ火は入れていないというのに、顔が熱い。

「クリス様。恥ずかしいですから、向こうで休んでいてください」

その言葉に押されるようにして、クリスはテーブルへと向かっていく。

フローラは少し変な気分だった。サミュエルと一緒にいたときは、なぜ手伝ってくれないのだろう。なぜ彼だけ休んでいるのだろうという不満が溢れていたのに、クリスにはそういった感情が湧いてこない。

クリスには少しでも美味しいものを食べてもらいたいと、そんな気持ちになるのだ。

ピタが焼き上がり、テーブルの上に簡単なスープと一緒に並べる。

「わたしのほうから食事に誘っておきながら……このようなものしか用意できなくて申し訳ありません」

「どうして謝るのです？　あなたの貴重な時間を使って、私のために作ってくださったのですよね。これほど嬉しいことはありません。それに、美味しそうですね」

どうしてもサミュエルとのことが思い出されてしまい、ふとした瞬間、身体が強張ってしまう。

彼はいつも、不満そうな顔で文句を言っていた。

だけど、クリスは彼とは違う。

フローラはピタを食べやすい大きさに切り、小皿の上にのせてクリスの前に置いた。

「では、いただきましょう」

クリスの祈りの言葉に合わせて、フローラも祈りの言葉を口にする。命あるすべてのものをいただくための儀式。デトラース国に住む者なら、誰でも知っている祈りの言葉。

ピタを口元に運ぶクリスの姿を、フローラはじっと見つめていた。

「お口に合いますか？」

「ええ。初めて食べましたが、これはとても美味しいですね」

その言葉に安堵の笑みを浮かべる。「熱い」「硬い」「飽きた」と、食事のたびに文句を言われたあのときとは違うと思いつつも、それでも不安だった。

フローラもほっとしながらピタを手に取った。

食事が半分ほど進んだところで、クリスがおもむろに口を開く。

「先ほどの男は……」

クリスはサミュエルのことを聞きたがっている。

「はい。わたしが以前、お付き合いしていた方です」

嘘をついても仕方がないし、誤魔化したいわけでもない。クリスであれば、すべてを伝えてもいい。

「職務中に私的なことで声をかけるとは、とても非常識な男だと思ったのです」

一瞬、クリスが何を言っているのかがわからなかった。

だがサミュエルといつ会ったのかを思い出せば、すぐにわかった。

「もしかして……見ていたんですか？　その……昼間、わたしと彼のやりとりを……いえ、職務中のわたしを……」

やや気恥ずかしく思う。

普段のフローラと騎士として仕事をこなしているフローラは別人のようだと、よく言われる。フローラとしては意識しているわけではないのだが、騎士として、護衛として、ジェシカの身を守らねばならないという気持ちが働き、それが自然と行動に出ているだけなのだ。

そんな姿をクリスに見られた。

「その……仕事中と普段で人格が変わると言われていまして……それでちょっと……あれを見られたかと思うと……」

顔から火が出る思いで、なんとかそう伝える。

「普段お会いしているときよりきびきびしていて少し驚きましたが、それだけ、職務に責任を持って取り組まれている、ということですね」

フローラは驚き、ゆっくりと瞬いた。クリスは美しく微笑み、手にしていたピタをパクリと食べた。

「え、と……ありがとうございます」

サミュエルは職務外の内気なフローラが好きだったようで、職務中のフローラを嫌っていた。可愛くないだの女性らしくないだの、不満ばかりを並べていた。

だから結婚したら仕事を辞めてほしいと、そう言ったのかもしれない。危険なところというのも、フローラが豹変するような場所だから。

サミュエルにとって、フローラはただの都合のいい女。隣に侍らせておくのにちょうどいい女。そして自分の言うことを黙ってきく従順な女。そんな立ち位置だったのかもしれない。

「ごちそうさまでした。とても美味しかったです」

クリスの言葉が、胸に染みた。

食事を終えた二人は、自然に寝室に移動した。

寝室といっても寝台の他に、長椅子やテーブルも置いてあり居室も兼ねている部屋だ。フローラも自宅にいるときは、たいていはこの部屋で過ごすことが多い。

テーブルの上にはお茶と市販のお菓子を並べてはみたものの、フローラは背筋を伸ばし、緊張した面持ちで長椅子に腰掛けた。先ほど決意はしたが、本当に彼に抱かれてしまうのだろうか。

隣に座るクリスは、お茶の入ったカップを手にすると、目を細くしつつも眩しい笑顔を向けてくる。

「日持ちしないような食べ物は置いておけなくて……このようなお菓子しかなくて悪いのですが……」

「お気になさらず。何を食べるかよりも、誰と食べるかが重要なのです」

どうして彼は、いつもフローラが嬉しくなるような言葉をかけてくれるのだろう。

「わたしは今、こうやってクリス様と時間を共にすることができて幸せです」

なぜその言葉が出てきたのかはわからない。ただ、クリスに伝えたかった。

「フローラ……もしかして緊張していますか？」

「そうかもしれません」

冷静に感情を伝えようとする自分と、ドキドキと心臓が暴れまわっている自分がいる。

「先日、お会いしたときにも言いましたが。私はあなたと口づけ以上の関係になりたいと思っています」

はい、とフローラも首肯する。

「私たちの相性は九十五パーセントという数値が出ていますが、それは恐らく身体の相性も含めての事だと思うのです」

「そうかもしれません……」

「ですから。今日はそれを確かめるために、口づけ以上のことをしてもいいですか？」

「はい」

そう返事はしたものの、どこか怖かった。身体に変に力が入り、クリスに顔を向けられない。

「……怖いのですか？」

クリスは鋭い。どんなときでもフローラを気遣い、そして心の中を読んでくる。

「失礼ですが、あなたも初めてではないと思っていたのですが……」

それを指摘されると、胸がつきんと痛む。

「はい……クリス様のおっしゃる通りです……」

微かに震える肩を、クリスが抱き寄せる。フローラはそのまま彼の胸に頭を預けた。

ドクドクと、クリスの心臓の音が聞こえる。力強くて、そして少し速い。

「私も緊張しています。あなたという運命の女性と一つになれる喜びで。ですが、これは私の気持ちだけを押しつけるものではありません。二人で望んで、そうなるべきなのです」

クリスの声が耳元をなでていく。

「あなたが何に怯えているのか、それを教えていただけませんか？」

クリスの優しい色の目に見つめられたフローラは、今までのサミュエルとの情事についてをぽつぽつと話し始める。

彼がしたいときにして、彼が満足し、終わると放っておかれる。

特に楽しいと思ったこともない行為だが、付き合っているから仕方ない儀式なのかもしれない。

結局のところ、フローラは嫌いなのだ。男性と身体を重ねる行為が。

「なるほど……。あいつがクソ野郎だということはわかりましたが」

それよりも、とクリスは声色を下げた。

「あなたがそれを嫌いなのは、あなた自身が気持ちよくなったことがないから、なんでしょうね」

色気を放つクリスの言葉に、背筋がぞくりとした。彼の言葉には抗えない。

しかしクリスの表情が曇った。

「あなたに最初にお話ししておかねばなりません」

どうしたのかと思ったが、彼は真剣な表情でフローラの瞳を見つめる。

「魔力を持つ者の交わりは、お互いに精を放出する……達すると同時に魔力を放ちます。お互いの魔力が釣り合っていなかったり、片方が魔力のない場合は、足りないほうは生命力を放出することになります」

クリスは精力と魔力の関係について説明し始めた。まるで魔法講義の時間のようだ。課外授業というものだろうか。

「私の魔力が強いため、どうしても相手に負担を強いてしまうのです。場合によっては、相手の命を奪ってしまうかもしれない……。これまでのあなたとのふれあいで、あなたであれば私と交わっても大丈夫だろうと、理屈ではなく本能で感じています。ですが、万が一のこともあるかもしれない。そう思うと……」

苦しそうに言葉を紡ぐ。いつになく不安そうな彼の手を、フローラはそっと握った。

「はい……でも、わたし、クリス様を信じます」

彼と愛し合いたい。たとえ命を落とすことになろうと、彼とならば後悔しない。

そんな思いがフローラの中にはあるものの、そんなことには絶対にならないという根拠のない自信もあった。

クリスは今まで見たことのないような、泣きそうな表情を作る。

それからフローラはクリスを浴室に案内した。

「一緒に入りますか？」

上半分を脱いだ彼がひょこっと顔だけ出してきたので、フローラは彼の背を押して、浴室へと戻した。

その間、彼の着替えを用意しようと思っていたのだが、手持ちの服が何もない。サミュエルは着替えをフローラの部屋にも置いていたが、さすがに別れた後に返したし、あったとしてもそれをクリスに着せたいとも思わない。

仕方なくフローラも使っているバスガウンを手にした。これであれば、羽織って腰紐（こしひも）で結ぶだけだから、クリスであっても着られるだろう。

「クリス様。着替えを置いておきますね」

扉の向こうからクリスの声が聞こえたような気はするが、何を言っているかわからなかった。

彼が浴室を使っている間、フローラはそわそわとして落ち着かなかった。

「お待たせしました」

「やはり……小さいですよね……」

ガウンを羽織(はお)って現れたクリスだが、やはり丈が短い。

「そうですね。ですがこれは……あなたのにおいがします」

クリスはガウンの前衣を手にして、くんくんとにおいを嗅いでいる。

「私も、湯を浴びてきます」

フローラは慌てて浴室へと向かった。

少し濡(ぬ)れた前髪、はだけた胸元、そして丈が短いためのぞく足首。そんなクリスの姿を目にしたら、どぎまぎしてしまい、まともに顔を見ることなどできなかった。

フローラは、いつもよりも念入りに身体を洗った。ずっとドキドキが続いていて、心臓が痛いくらいだ。なぜこんなに気が張り詰めているのかもわからない。

身体を洗い終えると、フローラもガウンに袖を通して部屋へと戻る。

クリスは足を組んで長椅子に座っている。ガウンがはだけ、彼のふくらはぎが露(あらわ)になっていた。

「クリス様……お待たせしました……」

「おそろいですね」

すっと立ち上がったクリスは、いきなりフローラを抱き上げて寝台へと連れていき、その上に優しく下ろした。

彼から見下ろされる形になると、無防備になった気分になる。

「クリス様……」

「湯に濡れて、あなたがいつもよりも魅力的に見えます」

クリスの長い指が、フローラの頬にかかる髪を払った。

「あっ」

フローラは思い出したかのように、身をよじって寝台の脇にある棚から瓶を取り出した。

「あの、こちらを……」

その瓶をクリスに手渡す。それは、巷で噂の香油の瓶。フローラが苦痛に顔を歪ませると、サミュエルが「萎えるから」と用意したものだ。

しかし、手にしていた瓶をクリスはポンと投げ捨てる。それは綺麗に放物線を描いて絨毯の上に落ちた。そこでしばらく転がって中身の液体を揺らしたあと、最後にチャポンと音を鳴らして止まる。

「安心してください。あのようなものに頼らなくても、あなたの身体は私を受け入れられるようにできていますから」

クリスは自信満々の笑みを浮かべると、フローラの頬に優しく手を添え、そのまま唇を重ねた。

数えるほどしかクリスとは会っていない。それでも、彼とこうやって口づけるのは嫌いではない。むしろ心地よい。

クリスが身体をのせてくる。

「……はっ、ん」

唇と唇を合わせるキスから、それは次第に激しいものに変化していく。

彼が唇を舐めるのは、口を開けろという合図。くちゅりと唾液の絡む音がする。舌先が触れ合っただけで、頭が痺れるような感覚に襲われた。

クリスからの激しい口づけは呼吸もままならない。舌から感じる熱は火傷しそうなほど。そんな熱い舌に翻弄されつつも、それを受け入れるのに必死だった。

フローラの全てを知り尽くしているかのように、彼は敏感なところを舐ってくる。

「ひゃっ……ん、ンッ……」

むずがゆい快感から逃れるため、フローラは身をよじる。それでも逃がさないと、執拗に彼は攻め立てる。上顎のほんの少しやわらかいところをとんとんと叩かれた瞬間、腰骨の辺りがざわりとした。

「ふぅっ……ん……」

苦しくて息を継ごうとすれば、口の端からは唾液が漏れ始める。その様子に気づいたのか、クリスがすっと顔を引いた。

色香漂う視線でフローラを見下ろしつつ、唇をペロリと舐めて唾液を拭い取る。

「なるほど。あなたの前の男は、口づけも満足にできない男だったのですね」

酔いしれるような笑みを浮かべたクリスは、再び顔を近づけ深く口づける。そのまま、布越しに胸に触れてきた。

「んっ……」

彼からの思いがけない行為に、身体が大きく震えた。

「失礼しました。こちらに触れてもよろしいですか？」

「は、はい……申し訳ありません」

これからそういうことをするとはわかってはいるのに、感情が追いつかない。

「何を驚いているのですか？」

「え？」

「あなたがそういう顔をするときは、驚いているときです」

「ごめんなさい」

「なぜ謝るのです？　やはり嫌でしたか？　それともまだ怖い？」

「クリス様が、わたしの身体に触れる必要があるのですか？　わたしが触れるのではなく？」

なんというか、結びつかないのだ。

フローラはクリスの下腹部に視線を向けた。

それに釣られるようにしてクリスも自身の象徴部分に顔を向けた。そしてもう一度、フローラの顔を見る。

「……なるほど。本当にあの男がクズだったというのがよくわかりました。いいですか？　私だけでなく、あなたも気持ちよくならなければならないのです。これは性欲を発散させる行為ではなく、二人の愛を確かめるための儀式だと思ってください」

「儀式……」

「いえ、儀式というと感情が伴っていない感じがしますね。とにかく、私はあなたを気持ちよくさせたいし、私もあなたで気持ちよくなりたいのです。相手が誰でもいいというわけではありません。私の相手はフローラ、あなたでなければならないのです」

「はい……」

青く美しい眼差しで見つめられ、胸がトクリと音を立てた。

「では、仕切り直しです。まずは、こちらに触れてもよろしいでしょうか」

「はい。クリス様であれば、どこに触れられても大丈夫です」

そこでクリスはいきなり額をおさえ「うぅ」とも「ぐぬぅ」とも、喉の奥からわけのわからぬ声を発した。

「どうされました？」

「今、自分の欲望と戦っておりました。問題ありません。まだ微かに理性が勝っておりますから」

それでもふぅふぅと息を吐き、気持ちを落ち着けている。

「では、失礼します」

そう言ったクリスは、前衣のあわせめから直に胸に触れてきた。

「ひゃっ……くすぐったいです」

二つの乳房に、彼の手が添えられた。

「なんか、恥ずかしいです」

フローラは両手で顔を隠す。

ガウンからはだけた胸は、すっかりとクリスの手に覆われており、やわやわと揉みしだかれる。

それは次第に位置を変え、胸の先端すらくりくりと弄られる。

今まで感じたことのない刺激に腰が揺れる。

「ひゃっ……」

胸の先端にざらりとしたものが触れた。

「そんなとこ、舐めても……」

クリスは乳房を口に含んだまま、にたりと笑う。

「んっ……」

じわりじわりと身体の奥から官能の波が押し寄せてくる。

きゅっとシーツを握りしめてそれをやり過ごそうとするものの、胸の先端を愛撫されただけで下腹部が熱い。頭を振って熱を逃がそうとしても、形が変わるほど強く鷲摑みにされた胸からほとぼりを感じる。

「クリス、さま……わたし、なんか、変……」

背中をしならせてみても、熱は冷めない。

「大丈夫。変ではありません。それが普通ですから」

きゅっと下側から持ち上げた胸を、クリスはまとめて口に含む。

「やぁっ……」

「もっとその可愛い声を聞かせてください」

「クリスさま……」

どこを摑んでいいかわからない手は、宙をさまよう。それをクリスが引き寄せ、自身の肩に触れさせた。

「怖いなら私を摑んでいてください。私はここにいますから……」

フローラは素直にその言葉に従う。

満足そうに微笑んだクリスが胸元へと顔を埋めると、チリッと何かに刺されたような痛みが走った。

「クリスさま、何を……」

「あなたが私のものだという証をつけています。あなたは肌が白いから、よくわかりますね」

胸元でクリスが喋るたびに、熱い吐息が触れる。

チュッ、チュッ、と音を立てて、クリスはいくつも痕を残した。

「はぁ……あなたにそのような目で見られただけで……」

窮屈に思ったのか、クリスはガウンを乱暴に投げ捨てる。

露になった彼の裸体に、心臓はドクドクと緊張を高めていた。仕事柄、異性の裸を目にする機会も多いのだが、それでも惹かれてしまうのは相手がクリスだからだ。

そうやって見惚れている間にフローラも腰紐を解かれ、ガウンの合わせ目を押し広げられた。

まるで芸術品を愛でるかのような視線で、フローラの裸体をじっくりと見つめている。

「美しいですね……」

うっとりとする口調で一言だけ放ったクリスは、肌を重ねてきた。

直に触れ合った場所からは彼の体温を感じた。たったそれだけのことであるのに、愛おしいという感情に支配される。

クリスに触れられた場所は、どこもかしこも快感の火種となる。

胸を弄っていたクリスの手は淫らに脇腹を撫で、腰から下腹部へと下りていき、ぴったりと閉じた足の隙間に入り込もうとしていた。

「力を抜いてください」

その言葉に身を委ねると、緊張していた身体が脱力する。

「そう。いい子ですね」

彼の指が茂みをかき分けて、秘部へとたどり着く。くちゅりと粘着質な音がした。

「濡れていますね……」

クリスはわざとフローラの耳元でささやき、耳朶（じだ）を噛んだ。

「もっと私を感じてください」

耳の形を確かめるかのように、クリスが舌を這（は）わせてくる。彼の肩を摑んでいた手には、思わず力が込められた。すぐ側（そば）から聞こえる淫音（いんおん）は、次第にフローラの身体を昂（たかぶ）らせていく。

「はぁっ……」

先ほどから、下肢にほんのりと刺激を感じていた。

「あなたの身体はなんて素直なのでしょう」

そう言ってクリスは、淫らに濡れた指を見せつけてきたかと思うと、それをパクリと咥（くわ）える。触れられているわけでもないのに、今まで弄られていた場所がきゅぅと切なくなった。

その間、クリスがするりと足の間に身体をすべり込ませてきた。

「少しは、私に慣れてきましたよね？」

返事をする前に、クリスの手によって大きく足を広げられた。

「やっ……」

身体を覆うものは何もない。熱をもった秘部に外気が触れる。

クリスはフローラの右膝を抱きかかえると、そこに唇を落とす。そのまま彼の唇は、太ももの内側、足の付け根と位置をかえていく。

力が入らなくなってきたフローラは、だらりとシーツの上に手を置いた。

恥ずかしさと期待感が入り交じる複雑な感情を表現する言葉など知らない。

「ひっ、んんっ……」

悲鳴に似たような声を出してしまったのは、今までとは比べ物にならない刺激があったから。

「あんなものに頼らなくても、あなたはしっかりと濡れることができるのですよ」

ものすごく恥ずかしい場所から、彼の声が聞こえた。

「本当にあなたは美しいですね。ここも……」

そのまま彼は、陰唇をぺろりと舐めあげる。

「ひゃっ……そんな場所、ダメです……汚いですから……」

「汚い？　あなたに汚い場所などありませんし……いや、ダメだ。昔の男と比べてはならないと、そう自分に言い聞かせたのに。いや……」

ぐちゅっと淫らな音を立てて、敏感な場所に吸い付かれた。

「ん、ん、んんっ……」

一気に快楽が突き抜ける。

「クリスさま……それ、だめです……」

そう言いながらも、理性を手放し与えられる愉悦に身を任せたい。

「あぁ、やはりこれがいいんですね？」

「よくないです、だめです……これ以上は、おかしくなるから……」

「ええ、ですからおかしくなってください」

「あ、あっ……ん……」

遠慮なく膣穴に指を入れられたが、痛くはない。

「しっかりと濡れているから、痛くはないでしょう？」

「は、い……」

香油を使っていないというのに、不思議と痛みは感じなかった。むしろそこが蕩けて自ら彼を迎えようとしている。

「もう少しあなたを味わってもよろしいですか？」

「は、い……？」

フローラが返事をするや否や、クリスは口淫を続ける。彼の舌はしっかりと陰核を捉えていた。

「ダメです。そこは……」

お腹の奥から快感がせり上がってくる。炙られたように熱く疼く。

「あっ、い、いやっ……」

パチンと頭の中で光が弾け、思わず背中を反らした。きゅっと手足の先に力が込められる。心臓ぶ。

はバクバクと大きな音を立て、力の入らぬ口からは唾液がこぼれた。目尻にもじんわりと涙が浮か

「クリスさま、いまの……なに？」

潤んだ瞳で彼を見れば、クリスはなぜか嬉しそうに答える。

「あぁ、なんてことでしょう。あなたは今まで達したことがなかったのですね？」

「達する……」

「快楽の極みです。あなたを絶頂へと導くことができて、光栄に思います」

クリスがフローラの額にチュッと音を立てて唇を落とす。

「ですが、そろそろ私も限界なのです。あなたに、入りたい……」

フローラは彼の下腹部に視線を向けた。

反り勃つ雄芯は、血管が浮き出ていて先端から滴を滴らせている。男性器を目にするのは初めてではないフローラも、ごくりと喉を鳴らしてしまうほどの逸物だ。

クリスがフローラの肩に手を添える。フローラもそれに応えるように、彼の背に両腕をしっかりとまわす。

性器同士がこすれる卑猥な音がする。しとどに濡れそぼる互いのものは、熱を帯びている。

「あぁ、フローラ……フローラ」

クリスは耳元でしきりにフローラの名をささやく。耳朶を噛み、まるで許しを乞うかのような声。

こんなにも苦しそうなのに、フローラの意思を尊重してくれているのだ。

それに気づき、たまらなく愛おしくなる。

「クリスさま……どうか、クリスさまのお好きなようにしてください……」

自分で言いながらも恥ずかしくなってしまったフローラは、彼の肩にその顔を埋める。

はぁ、と彼は熱い息を長く吐いた。

「どうしてあなたは、私を煽るようなことばかり言うのでしょう？」

いきなり唇を奪われた。もう何も言うなと、そんな思いすら感じる。深く熱く蕩けるような口づけを交わし、互いに口内を舐り、舌を絡ませ合う。

その激しい口づけが終わると、クリスが大きく膝を抱えた。熱く滾る肉棒が入り口を探る。その先端が蜜路のとば口に触れた。

「あっ……」

クリスがゆっくりと腰を押し進めてきた。下腹部に圧迫感はあるものの痛くはない。ただ熱くて大きい何かが自分の中に入ってくる。

「フローラ、力を抜いてください」

クリスがもう一度、唇を合わせてくる。クリスとのキスは嫌いではない。唇と唇が触れた瞬間、一気に最奥まで貫かれた。

「あ、ああ……っ」

一つに重なった場所は、前後もわからなくなるほど気持ちがよかった。まるで自分の身体が、彼のことを待ち望んでいたような錯覚に陥る。

好きな人と肌を合わせる行為が、こんなにも多幸感に満ちたものだとは知らなかった。だが、その気持ちよさを追い求めると、また別世界に飛ばされるような感じがしてしまう。

フローラが胸元を上下させ呼吸を整えている間、クリスが顔をしかめている。

「クリス様。もしかして苦しいのですか？　どこか痛むのですか？」

「いえ。違います。あなたの中があたたかくて気持ちよすぎて……こうやって少し落ち着かないと、すぐに出てしまう。もう少しこのままでいても？」

「はい」

こうやって二人で抱き合ったままでいるのも悪くはない。

ふぅ、と熱い息を吐いたクリスは、額をフローラの鎖骨にこつんと当てた。彼が息を吐くたびに、胸元に触れる。それがちょっとくすぐったく、思わず下腹部に力が入ってしまった。

「……っ」

クリスが息を吞むと、埋もれている肉棒がびくびくっと反応する。

「あなたという人は……私を煽って楽しいですか？」

「え、と……何をおっしゃって？」

フローラの質問には答えず、クリスが動いた。フローラの腰を摑み直して、抜け落ちそうになる

くらいまで男根を引き抜くと、勢いよく奥を穿った。

「ひぁっ……！」

襞をこすりあげながら動く肉杭が、官能を刺激する。

「くっそ」

顔に似合わぬ悪態をついたクリスは、激しく腰を揺すり始めた。彼が動くたびに快楽が芽吹いてたまらない。

「ひっ……ああ……！」

与えられる享楽に身を任せ、フローラは喘ぎ続ける。

「あっ……クリスさま……もう、やめ……」

おかしくなりそうだった。怖いくらいにこの行為に溺れてしまいそうだ。

ぽたっ、ぽたっと彼の汗が胸元に落ちてきた。

フローラは彼の背にまわしていた手にぎゅっと力を入れた。それでも怖くて、浮いていた足も彼の腰に絡みつけ、もっと近くにきてほしいとねだる。

「クリスさま……好きです……」

その言葉が自然とフローラの口から漏れた。ぎゅうぎゅうと襞が収斂し、熱杭を締め上げる。

「フローラ……愛しています。あなたを絶対に手放しません……」

ぐぐっと腰を押しつけたクリスが、奥で肉棒を震わせた。

あたたかなものがお腹の中に広がる感触を覚えながら、フローラは荒く息を吐いた。

◆

精力と魔力は似て非なるもの。

魔力が強い者ほど、精にもその魔力が現れてしまうことをクリスは知っている。

だが魔力を放った瞬間に、それを補充するかのように自分のほうにも魔力が流れ込んできた。二人の魔力が螺旋(らせん)のように絡まり、最後は一つに溶け合う。

今まで感じたことのない心地よさに思わず酔いしれる。

それと同時に、彼女の奥で何かが弾けたようにも感じた。

呼吸を整えながら快楽の正体を探っていると、組み敷いた彼女がもぞりと動いた。その仕草の一つ一つにクリスは翻弄されてしまう。

「重いですよね？」

彼女の胸元に預けていた頭をあげて、クリスは尋ねた。

なんと答えたらいいのか戸惑(とまど)っているのだろう。顔を真っ赤にしている姿も可愛い。そのまま彼女の身体を持ち上げて、ぐるりと向きを変えた。

「フローラ、どうかしましたか？　気持ちよくありませんでしたか？」

性交渉に嫌悪感を持っていた彼女だ。初めは気遣っていたつもりだったのに、途中から理性の箍(たが)が外れた。それもこれもフローラが可愛いのが原因だ。

つながった瞬間、爆(は)ぜそうになったのも想定外だった。彼女はどこもかしこも甘く、無自覚に淫らに誘ってくるのだ。

「いえ……気持ち、よかったです……」

彼女の返事を聞いたら、声にならない声が漏れ出そうになったが、それを堪(こら)えた。

「ただ……初めてのことで、その……どうしたらいいのかがわからなくて……」

お付き合いしていた男性がいたとは思えないほど、初心(うぶ)な発言である。

しかし清い交際だったのかと思えば、そうでもない。話を聞くに、男の身勝手な一方的な交際だったのだろう。

うなじまで真っ赤に染めたフローラは、クリスの胸元に顔を隠した。どんな姿の彼女も愛おしく、気を抜けば昂ってしまう。

「どうされました?」

彼女を安心させるかのように優しく声をかけると、頬を赤くしたままのフローラが顔をあげる。

何か言いたそうに口をもごもごとさせるが、その言葉が出てこない。

「フローラ。約束しましたよね。あなたの気持ちをきちんと教えてほしいと」

「あ、あの……」

そこまで言いかけたものの、彼女はまた口を閉じる。

フローラの言葉を待つクリスだったが、彼女の腰に回していた手を解き、自由になった手で目の前の双乳を包み込む。

「あっ」

「きちんと教えてくれないと、もっといたずらをしますよ」

親指の腹で、ぐにっと乳嘴を潰した。

「や、やめてください。その……中からこぼれてくるから……。それをどうしたらいいのかわからなくて……動くと、出てくるし……」

それはクリスにとっても予想外の言葉だった。

初めての交わりで中に吐精してしまった自分も自分なのだが、それだけ心地よくて彼女から離れられなかった。

「すみません……その……クリス様とは本当に初めてのことばかりで……。あの人は、いつも、子どもはいらないと言っていたから」

あの人とは間違いなく、サミュエルという男だろう。自分勝手で彼女を都合よく扱った、あの男だ。そんな男と別れることができてよかったと、心から思う。

「では、浴室にいきましょう」

湯を張ってきますね、とクリスが先に寝台から下りた。それでも背中から視線を感じる。振り向き「どうしましたか？」と声をかければ、フローラは口元までシーツを引き寄せて、なんでもない、と首を振る。

「よい子で待っていてくださいね」

小さな子を宥めるかのように声をかけたクリスは、浴室へと下りていく。

バスタブに湯を張り終えたクリスが寝室に戻ると、頭からシーツをかぶって、フローラはピクリとも動かない。

「フローラ」

声をかけてみるが、シーツの塊はもぞもぞと動くものの顔は出てこない。

「フローラ」

もう一度呼びかけてみても反応は同じ。仕方がないので、シーツの塊ごと持ち上げてみることにした。

「ひぇっ」

真っ白い塊が変な叫び声をあげたかと思えば、もぞもぞと動き始めてシーツの隙間からやっと顔だけを出してくる。

「クリス様、いったい、何を？」

シーツを頭からすっぽりとかぶっているフローラは、絵本に出てくる白いお化けのようだ。そのまま横抱きにする。

「一緒にお風呂に入りましょう」

「一緒に……」

シーツのお化けはまた顔を隠してしまった。そのまま浴室に連れていく。

浴室についてももじもじしているフローラから無理矢理シーツを剝ぎ取った。そのままバスタブへと連れていき、後ろから抱きかかえる形で湯に入る。

「あの、クリス様は……子どもを望まれますか？」

そうやって言葉を紡ぎ出す彼女の表情は見えない。

クリスは、額をこつんとフローラの頭に当てる。答えるのが照れくさいような恥ずかしいような、それでもそうやって尋ねてくれたことが嬉しいというか。

「できればそうなることを望みます。ただ、それには一つ問題がありまして」

フローラの身体がピクンと跳ねる。思慮深すぎる彼女のことだ。もしかしたら何かよくない方向に想像しているのかもしれない。

それを振り払うように、クリスは優しい声色で話す。

「私は魔力が強いため、子どもは難しいと思っていました。そんな私だからこそ、子どもに憧れがあります」

黙って話を聞くフローラの下腹部を両手で包み込む。

「そうなのですね」

クリスの手の上にフローラも手を重ねる。

「わたしも、結婚したら子どもを望みたいと思っております。ですが、あの人は子どもはいらないと言っていたから……男の人は子どもを望んでいないのかなと思ったので……」

「なるほど。本当にいつまでたっても憎たらしい男ですね。もう、あの男のことはすっかりと忘れてください。私の言葉に耳を傾(かたむ)けて。私はあなたとの子を望みます。それがいつになるかはわからないですが」

ささやくような声で耳元で伝え、そのまま彼女の耳たぶを唇で食(は)んだ。

「ひえっ」

フローラは再び変な悲鳴をあげる。

「私以外の男のことを考えた仕返しです」

困ったフローラはぶくぶくと湯に沈む。だが意を決したように浮上した。

「クリス様にお聞きしたいことがあるのですが……いえ、このようなことを聞いていいのかどうかもわからないのですが……」

「私とあなたの仲ではありませんか。どうぞなんでも、好きなだけ聞いてください」

フローラは、ちゃぽんと指で湯を弾いてから口を開く。

「その……クリス様は初めてでいらしたのですか？」

「あ、やはり気になりますか？」

「いえ。変なことを聞いて申し訳ありません……ただ、クリス様はわたしの知らないことをたくさん知っていらして……」

「変に隠すよりはいいでしょう。私の体質的なところもありますので」

そこからクリスはぽつぽつと過去をさらうかのように語り出した。


あれはまだクリスが十代で、魔導士団に入団したばかりの頃。自身の魔力量も把握できずに魔獣討伐へと赴いたとき。

調子に乗って攻撃魔法でばんばんと魔獣を倒していたら、その魔力が暴走した。

魔力の暴走とは、本人の意思に関係なく勝手に魔法が発動してしまう状態のことだ。

クリスは他の魔導士と比較しても、その魔力量が十数倍は多い。暴走した魔力は、クリス自身に襲いかかり、周囲に魔力をまき散らして、さらに周囲から魔力を取り込もうとする制御不能の状態に陥った。こうなったクリスを止められる魔導士は、誰もいない。

状況を察したノルトが、魔導士を受け入れる娼館にクリスを連れていったらしい。精力と魔力は密な関係にある。思春期のクリスが欲求不満なことが原因と判断したのだ。

らしい、というのは、クリスにとってこの辺の記憶は曖昧なのだ。

それ以降、クリスの魔力の暴走は治まったが、なぜか給料から交際費という名目で一定額が引かれていた。しかし、金に無頓着なクリスは特に気にしていなかった。

三年後、ノルトが面白おかしく酒の席で言うには、どうやらクリスに抱かれた娼婦は、一か月以上も仕事ができなかったようだ。

だからクリスは滅多なことがない限り、魔獣討伐には同行しない。同行したとしても力を抑えて使うし、研究職を専門としているのも過去の事例があったため。

「幻滅しましたか？」

クリスはこの話を誰にも言ったことがない。誇れることでも自慢するようなことでもないからだ。だけど、フローラには知っておいてもらいたかった。そうしなければ公平ではないような気がした。

「いえ。わたしがクリス様に幻滅するようなことはございません」

「そうですか……私を受け入れてくださって、ありがとうございます」

クリスは、微笑むフローラの首元に顔を埋めた。

第四章　九十五パーセントの思惑

フローラと定期的に顔を合わせるようになってから、どれくらい過ぎただろう。彼女とは数えるほどしか顔を合わせていないのに、長年連れ添ったような気がするから不思議だ。

それだけクリスの心は浮き足立っていた。

そんな晴れやかな気持ちのまま、魔石に魔力をためていたところ、胡散臭そうな視線を感じた。

その視線は先ほどから執拗にクリスを追ってくる。鬱陶しいとは思いつつも気づかないふりをしていた。そもそもここはクリスの研究室だ。

次の魔獣討伐で使えるように、魔石に魔力をためてほしいと言い出したのはノルトである。

地味な仕事ではあるものの、魔石は魔獣討伐において役に立つ。魔獣に向かって放り投げれば、そこで魔法を発動させることも可能。魔力が足りなくなった魔導士が、その魔力を取り込むこともできる。

魔力が閉じ込められた石が魔石で、魔力はこうやって魔導士がためるときもあるし、初めから魔力を備えているものもある。

ノルトを無視したまま、クリスは次から次へと魔石を手にして、魔力を注いでいく。

だけど、ちらちらと視界に入るノルトがわずらわしい。気が散って、注ぐ魔力量を間違えそうだ。

ノルトはクリスが声をかけるのを待っている。そうしなければこの部屋から出ていかないとでも言うかのように。

目障りなので、仕方なくそれにのることにした。

「何かご用でしょうか？」

魔石から目を離さずにクリスは尋ねた。

「やったのか？」

まったく下品な上司であるし、彼の言いたいことはわかっている。だがそれに気づかないふりをするのも必要なのだ。

「何をですか？」

「だから、おまえは彼女を抱いたのか？　彼女からおまえの魔力を感じる。そりゃもう、ぷんぷんとだな」

彼女を抱いたのは事実だ。フローラは魔力に当てられたのか、翌日一日使い物にならなくなってしまったので、行為としてはあの一回きりだが。

「団長がそう感じるということはそういうことなのでしょう。他にそのことに気づくような人間もいないため、あえて口にはしませんが」

「それがいたんだよ」

はぁ、と頭を抱えたノルトは、空いている椅子に適当に腰を下ろす。しかも背もたれを抱える形で座っている。

「ブレナンが血相を変えて俺んとこに飛んできたんだよ」

ブレナン――。

「どちら様ですか？」

その名を聞いたことがあるような気はするのだが、どのような人物で何をしている者であるかまでは思い出せない。

「おまえなぁ……フローラ嬢の上官その二だぞ。覚えておけ。彼女は近衛騎士隊でありながら魔法騎士だからな。その魔法騎士の中でもブレナンは一番の古株だ。そりゃもう、フローラ嬢を目に入れても痛くないくらい、可愛がっている」

「まるで父親のようですね」

「そりゃそうだ。ブレナンとフローラ嬢は親子くらい年が離れているからな」

となれば、互いに恋愛の対象にはならないだろう。沸々と湧き起こった変な感情は、すぐに消え去った。

「では、彼女のお父様にご挨拶に伺ったほうがよろしいでしょうか。娘さんをください、と」

「おまえもそういう冗談は言えるようになったんだな」

ははは、と乾いた笑いを浮かべるノルトは、どこか困ったように渋い顔を作る。

クリスはまだまだ魔石に魔力を送り込まなければならない。ちらりとノルトに視線を向けてはみたものの、すぐに魔石に視線を戻す。

「まあ、そのお父さんではなくブレナンだが。おまえが無理矢理フローラ嬢を抱いたのではないかということで、苦情を入れてきた」

「合意の上ですとお伝えください」

「一応な。政策の件もあるしな。俺からはそれとなく伝えておいたが、どうやらフローラ嬢が別の騎士と付き合っていたというのは、騎士団の中では周知の事実だったらしいな」

「でしたら、それと別れて私と付き合っていることを公表してください。むしろこちらは国の政策の一つです。王命ですとお伝えください」

クリスが、ふんと勢いよく鼻から息を吐く。

話の流れ的に陛下(へいか)の命令とは言ってはみたものの、それは建前的なもの。クリスにとって、フローラに会うのも彼女を抱くのも、自分の意思だ。むしろ、彼女を他の男に渡したくない。

「おまえはいいかもしれんが、フローラ嬢はそれでいいのか？　まぁ、気づいたのがあのブレナンだったからな。ただな、気をつけろってことを言いたいだけだ」

そう言われても、いったい何に気をつけるべきなのか、まったく心当たりのないクリスは「そうですか」としか答えられなかった。

◆

フローラは第一王女ジェシカの護衛を担当しているものの、仕事だからといって勤務の日もジェシカと四六時中一緒にいるわけではない。

交代で他の仕事をこなしたり、休憩をとったりする。むしろフローラは、夜間の護衛も引き受けているため、昼間はわりと自由が利く。

そんな休憩の時間に食堂で昼食をとっていたところ、ブレナンに声をかけられた。

「フローラ、隣、いいか？」

「あ、はい。どうぞ」

彼は飲み物の入ったカップを手にしていた。

ブレナンはフローラの父親と同世代の五十代である。いつも穏やかな笑みを浮かべているが、目じりにはしわが目立つようになってきた。髪の毛は白いものの、それは彼の魔法属性が水属性のためだ。

フローラの魔力に気づいてくれた恩人でもあり、魔法騎士へと誘ってくれたのも彼だ。だからブレナンには頭が上がらない。

「フローラ。君に確認したいことがあるのだが」

「はい、なんでしょう」

手にしていたカップをコトリと置いて、ブレナンに顔を向ける。

「君は、あのクリス殿と付き合っているのか？」

「え、えと……」

まさかブレナンからそのようなことを聞かれるとは思ってもいなかった。かっと、顔が熱くなる。

「あ、はい。そうです。少し縁がありまして」

政策の件を伝えていいのかどうか迷った。アダムは知っているが、誰がどこまで知っているのかはわからない。

「君は、警備隊長のサミュエルと付き合っているのではなかったのか？」

ここでもサミュエルだ。

「彼とは別れました。別れてからクリス様を紹介されまして……」

ブレナンは、どこか寂しそうに「そうか」と呟(つぶや)く。

「お似合いだったのにな」

騎士団の仲間たちは、サミュエルとフローラのことをいつもそう言っていた。

フローラにとっては、他人(ひと)からそう言われるのが不思議だった。どこをどう見たらお似合いになるのだろう。サミュエルに従順だったから、だろうか。

「クリス殿とはうまくやっていけそうか？」

「あ、はい。今のところは、特に問題もありませんし……」

「そうか」

そこでブレナンは手にしていたカップに口をつけた。

「君の魔力が少し変化しているように感じたからな」

「魔力……変化……？」

「そうだ。もしかして気づいていないのか？　少し魔力が強くなったような気がする」

「強く？」

そう尋ねればブレナンは頷くものの、フローラ自身にはよくわからない。

「では、クリス様に相談してみます」

「それがいいだろう」

そこでブレナンは「うおっほん」とわざとらしく咳払いをした。

「まあ、あれだ。クリス殿とうまくいっているなら、それでいい」

「あ。実は、クリス様から魔法も教えていただいているのです。それで魔力が強くなってしまったのでしょうか」

「何？　あのクリス殿から指導を受けているのか？」

ブレナンが腕を組む。

「フローラは知らないかもしれないが……クリス殿が指導するなんてことは、滅多にないんだ」

「そうなんですね？」

指導中の彼は板についていた。だからてっきり慣れたものだと思っていたのだが、確かに教えている途中で生徒が逃げてしまうとは言っていた。

「フローラ。機会があったら、クリス殿に教えてもらったという魔法を、私にも見せてもらえないだろうか」

「はい。問題ありませんので、いつでも」

すると、ブレナンは急にその表情を一変させた。

「恐らくだが……ジェシカ様に、隣国アリハンスへの外交の話が出ている」

ジェシカも十八歳になったため、そろそろ外交もと言われていることは知っていたものの、それが具体的に動いている様子はみられなかった。ブレナンが知っているということは、上層部のみでそういった話し合いがされているのだろう。

「恐らくその護衛として、フローラ。君の名前があがるだろう」

「はい」

ジェシカが外交に出るなら、フローラがその護衛につくのはなんら不思議はない。むしろ当然の流れだ。

「……ところで、フローラ。君の魔力を鑑(み)てもいいか？　先ほども言ったように、君の魔力が強くなったような気がするからだ」

クリスも同じように魔力を鑑たいと言っていたが、あのときは他の話題に移ってしまい、結局鑑てもらえていない。だから興味もあった。

「はい。お願いします」

フローラの言葉で、ブレナンが身体を向けて両手を出すようにと言ってきた。その言葉に素直に従う。手のひらを上に向けると、ブレナンが手を重ねる。

不思議な感覚だった。ブレナンの手からあたたかな何かが流れ込んできて、それが手のひらに刺さるような感覚すらある。

ふぅ、と息を吐いたブレナンは、うっすらと額に汗を浮かべていた。

「フローラ。できたら私にクリス殿を紹介してもらえないだろうか」

いつも穏やかなブレナンの表情が、どこか苦しそうにも見えた。

「は、はい」

フローラがクリスに連絡を取る方法は、手紙を書くか文官に言付けること。

荷置き場で書類の仕分けをしている文官に頼めば、直接クリスに手紙を持っていったり、伝えたりしてくれるのだ。

これもクリスが「連絡が取れないのは不便ですね」とぼやき、そのぼやきが国王の耳にまで届いたからだとも聞いている。つまりこれは、クリスとフローラ専用の連絡手段。

——明日、仕事の合間に会えませんか？

そう手紙でクリスに伝えてもらったところ、すぐに返事が届いた。

——部屋にいますので、いつでもどうぞ。

フローラは、仕事と仕事の合間にブレナンを連れて、クリスの部屋に向かうことにした。

騎士らがいる建物と魔導士らがいる建物は、王城の左右に別れてそれぞれ独立して建っていて、それぞれ騎士棟、魔導棟と呼ばれている。王城を挟むような形にしてあるのは、もちろん騎士と魔導士が王城を守るためとも言われていた。

フローラが魔導棟に足を向けるのは、初めてだ。そもそもジェシカが、この魔導棟を訪れない。

クリスの部屋は団長室の隣だと聞いていた。だからすぐにわかった。

扉をノックすると「どうぞ」とすぐに返ってきた。

「失礼します。クリス様、お忙しいところ、お時間を割いていただきありがとうございます」

「いいえ。あなたのためでしたら、いくらでも時間を割きますよ」

いつもと変わらぬ穏やかな口調であるのに、クリスの目はフローラの後方を鋭く見つめている。

「クリス様。今日は紹介したい方がおりまして……」

「あなたの後ろの方ですね。魔法騎士のブレナン・カール殿と認識しておりますが」

「そうです。同じ魔法騎士のブレナンさんです」

「ええ。あなたの父親のような存在であると伺っております」

どうぞ中に、とクリスが招き入れる。

フローラは、興味本位からクリスの部屋をざっと眺めてしまった。大きな机の上には大小さまざまの魔石がたくさん並べてあり、執務机には魔導書が山積みになっている。室内の壁に沿って本棚がずらりと配置され、棚にも隙間なく本が詰め込まれている。この場所は、クリスと一緒にいった魔導書の店に似ている。

クリスが長椅子に座るようにと促したが、フローラはどこに座るべきかと悩んでしまった。テーブルを挟んでクリスとブレナンが向かい合って座った。となれば、クリスの隣かブレナンの隣か。

「フローラ」

まるで心を読んだかのようにクリスが隣をぽんぽんと叩いたため、クリスの隣に座ることにした。

「このようにしてお会いするのは初めてかと思うのだが。私が、ブレナン・カールだ」

「ええ、仕事で何度か顔を合わせたことがあるかもしれませんが。個人的にお会いするのは初めてですね。私がフローラとお付き合いしているクリス・ローダーです」

機嫌がよいのか、クリスはずっとニコニコとしている。

「あの、クリス様。ブレナンさんがクリス様にお話ししたいことがあるそうです」

「ええ、問題ありませんよ」

「すまない、クリス殿。彼女は貴重な魔法騎士であるが故、彼女の魔力について少々相談したいことがある」

クリスのこめかみが動き、端整な唇の端が持ち上がった。

「昨日、彼女の魔力を鑑させてもらった。クリス殿は彼女の魔力を鑑たことは？」

「いえ、ありません」

クリスもフローラの魔力を鑑たいと口にしていたものの、なんだかんだで慌ただしかった。

フローラにしてみれば、次々と教えてもらえる魔法が興味深く、クリスといるときはいろいろと質問攻めにもしたし、たまに彼が甘えてくるし。そんな楽しい日常の中で、すっかりと記憶から抜け落ちていた。

クリスも同じような感じだったのだろう。

「だったら、今すぐ鑑てもらいたい。話はそれからだ」

ブレナンの顔がどことなく険しい。フローラは思わずブレナンとクリスの顔を交互に見てしまった。

「フローラ、大丈夫ですよ。あなたの魔力を少しだけ鑑せてください」

「はい」

昨日、ブレナンに鑑てもらったときと同じように、両手をそっと差し出す。クリスが優しく手を重ねた。

重なり合ったところからぽかぽかと熱が生まれてきて心地(ここち)よい。クリスからはさらに何かが流れ込んできて、全身に行き渡るような感じがした。

「フローラ、終わりましたよ」

クリスの声で現実に引き戻される。

「クリス殿」

ブレナンの表情は変わらず険しいままだった。クリスは小さく顎を引いた。

「フローラ。あなたと時間を共にしたいのはやまやまなのですが、今はブレナン殿と話をさせてもらえないでしょうか？」

「はい。ブレナンさんは、よろしいでしょうか？」

「むしろクリス殿と二人きりで話す機会がほしいと思っていたから、ちょうどいい」

そうですか、とフローラは首を傾げてみるものの、クリスがブレナンに何か失礼な態度をとるのではないかと、心の中ではハラハラしていた。

初めて顔を合わせたとき、国王や宰相に対する態度が酷かったからだ。どうも彼は、目上の人を敬うような姿を見せない。

「クリス様。お願いですから、くれぐれもブレナンさんに失礼な態度をとらないようにお願いします。ブレナンさんはわたしにとって恩人のような方ですので」

「失礼な態度？　それはブレナン殿に向かって『娘さんを私にください』と言うことでしょうか？　ブレナン殿はあなたにとって父親のような存在であると伺っておりますので」

「あ、な、ちょっと。クリス様、いったい、何をおっしゃっているのですか」

フローラは顔中を真っ赤にして、クリスの胸の辺りを握りしめた拳でぽかぽかと叩き始めた。

そんな二人の様子を、ブレナンは笑いながら見ている。

「フローラも、相手がクリス殿だからそのような態度をとるのかな？」

「ぶ、ブレナンさんまで。何をおっしゃるんですか！」

よくわからない恥ずかしさが込み上げてくる。

「仲よきことは美しき哉（かな）」

ははっとブレナンが笑えば、フローラは黙って下を向く。

「君たち二人を見て、ようやくわかったよ。やはり君たちはお似合いだ。お互いを認め合い、お互いの足りない部分を補える。きっと、そんな関係を築いている途中なのだろうね」

「さすがブレナン殿です。私とフローラは——」

「ところで、そろそろ本題に入らせてもらってもいいかな？」

クリスが語り出す前に話題を変える話術は、ブレナンだからできるのだろう。

「君たちの関係を見て安心した。ところで、クリス殿も時間が限られているだろう？　それにフローラ。君の休憩時間はそろそろ終わりではないのか？」

ブレナンに指摘され、フローラははっとする。思っていたよりも長居してしまったようだ。ブレナンも気づいていたのであれば、もっと早く言ってくれればいいのに、とついつい人のせいにしてしまう。

「すみません、クリス様、ブレナンさん。わたし、先に戻りますので」

扉の前に立ったフローラは、近衛騎士らしくピシッと背筋を伸ばして挨拶をして部屋を出た。

クリスのことは少々心配ではあったが、すぐにジェシカのもとへ向かう。

「ジェシカ様、戻りました」

声をかけ、第一王女の控えの間に下がろうとすると、ジェシカが可愛らしい眉間にしわを作っていた。紫色の瞳を細くして険しい顔つきをしているものの、王族の証である紺青の髪は二つに結わえてあり、幼さも残っていて愛らしい。

だがこの表情は危険だ。ジェシカは今、不満を抱えている。

フローラはもう一人の女性騎士のエセラに声をかけた。交代で彼女が休憩に入るのだ。

エセラが挨拶をして部屋を出ていったのを見届けたところで、ジェシカが口を開く。

「ねえ、フローラ。私、今、非常に退屈なの」

不満顔の原因は退屈だったから、らしい。変に機嫌を損ねていないだけよかった。

「お茶、淹れてくださらない？　できればあなたの分も。私の話し相手になってくれるわよね？」

ジェシカの話し相手になったり、ちょっとした身のまわりの世話をしたりするのは、彼女の護衛を務める騎士らの裏の役目でもある。

「承知しました」

フローラは、この年下の王女が嫌いではない。むしろ好意を寄せている。彼女が嫁ぐまでは彼女の騎士を全うしたいと思っている。だからサミュエルからの結婚を断ったのだ。

ジェシカの前にお茶の入ったカップを置けば、隣に座るようにと促された。ときどき彼女は、甘えるようにフローラを隣に侍らせる。

「ねえフローラ。あなた、あのクリスとお付き合いをしているって聞いたのだけれど」

思ってもいなかった話題にフローラは肩を震わせた。だが、すぐに平静を装う。

クリスと付き合っているのは紛れもない事実である。しかしそれをジェシカから指摘されるとは思ってもいなかった。

「はい」

「しかも。国の政策によってお付き合いを始めたってお父様から聞いたのだけれど。つまり、好きになった相手ではないわけよね？」

指摘されて、ぎくりとする。

「そうですね」

ジェシカには気づかれないように、膝の上でそっと指を組んだ。

クリスと出会ったときのことを思い出す。ただただ、ヒヤヒヤしたことしか覚えていない。穏やかな口調とは裏腹に、誰であろうが物怖じせず、ぞんざいな態度。試しに付き合ってみたらどうかと国王に言われてその言葉に従ってはみたものの、不安しかなかった。

だけどクリスと一緒にいると、時間が溶けていくのだ。気がついたら時が刻々と過ぎていて、別れの時刻になっている。

彼はフローラのことを否定しない。フローラの考えを聞いたうえで、違う意見も出してくれる。そしてどれが一番良い方法かを、一緒になって考えてくれるのだ。

クリスは人を引っ張っていくような性格ではない。だけど、隣に並んで歩調を合わせてくれる。

サミュエルが前を行く人間であれば、クリスは隣を歩く人間。フローラが望んでいたのは、隣を一緒に歩いてくれるような人だったのかもしれない。

「あぁ、もう。あなたのその顔を見ただけで、あのクリスとうまくいっているのはわかったわ」

熱いわね、と言いながら、ジェシカは手で煽いで自身に風を送っている。どうやらこの感じだと、クリスは王女殿下にも無礼をはたらいているようだ。

「私にも縁談がきているの。もちろん、お会いしたことのない相手だわ」

ジェシカの言葉に驚いたフローラは、大きく目を見開く。

「あら、そんなに驚かないで。今までそのような話がなかったほうがおかしいくらいなのだから」

自嘲気味にジェシカがそう言った。

「相手は……アリハンスのアルカンドレ王子よ」

「まぁ、素敵なお話ではありませんか？」

隣国の王族となれば、二国間の今後の関係にも影響を及ぼすだろう。もちろん、良好な意味での影響だ。

「だけど、お会いしたことはないのよ？　あなたも知っての通り、この国とアリハンスはアリーバ山脈によって隔てられているでしょう？　簡単に行き来できるようなものではないもの」

国王であれば、隣国に足を伸ばすこともある。だが、まだ幼かった王女はそれに付き添ったことはない。

やっと成人を迎えた彼女は、これから外交が増えるというその時期なのだ。

「それでね。あなたもお会いしたことのなかったあのクリスとお付き合いしているわけでしょ？　その話を聞きたいと思ったのよ」

自嘲気味に笑ったかと思えば、いたずらを仕掛けた子どものような笑みを浮かべるジェシカは、何を思って話を聞きたいと言ったのだろう。

「わたしの場合は、お付き合い……交際ですから。合わないと思ったら、別れるという選択肢が残されております。ジェシカ様の場合は、異なりますよね？」

彼女の場合はまさしく政略結婚だ。さまざまなことを鑑（かんが）みて、断ることは難しいだろう。

「いいのよ、参考までに聞きたいだけだから」

そう言われてしまえば、話さないわけにはいかない。クリスとのことを誰かに話すのは恥ずかしい気もするが、だからといってジェシカに嘘（うそ）はつきたくない。それに、男女の縁に不安を持ってもらいたくない。

その気持ちをどう伝えるべきか、フローラはゆっくりと口を開く。

「そうですね。わたしとクリス様の出会いは……国の政策の一つと言われてしまえば、そうなのですが。ただ、クリス様と出会えてよかったと、今では思っています。あのようなきっかけがなければ、一生、平行線のままで出会うことなどなかったと思います」

クリスはいろいろと有名人だから、フローラは彼の噂はちらほらと耳に入れていた。だけどクリスはフローラのことを知らなかった。あの日、宰相に呼び出されなければ、二人の関係はずっとそのままだったろう。

「本当に？　あのクリスよ。あんな男と出会えて本当によかったと、そう思っているの？」

「そうですね。結局、出会うことがなければ始まりもしませんから。互いを互いに知ることすらできないのです」

「だけど、あなた。サミュエルと付き合っていたわけでしょう？　人間的には彼のほうがまともに見えるけど。彼を捨ててまでそんなにクリスと付き合いたかったわけ？　国の政策だからって、簡単に付き合っていた男を捨てたわけ？」

「え？」

フローラがサミュエルを捨ててクリスに乗り換えた。まさか、そのような話が広まっているのだろうか。

だが、フローラがクリスと付き合っていることを知っている人物は限られている。知らない人は、まだフローラがサミュエルと付き合っていると思っているかもしれない。

ややこしいことになっているのだろうか。もっと大々的に「サミュエルとは別れました！」と公表すべきなのだろうか。

「ジェシカ様……どこからそのようなお話を聞かれたのです？　事実無根です」

「あらそうなの？　だって、あのときのサミュエルの態度をみたら、そう思うじゃない。捨てられそうになった男がすがっている図」

それはジェシカの思い込みだ。特に噂になっているようではなさそうなので、気づかれぬようほっと息をつく。

「サミュエルとはきちんと別れましたから。彼もそれに同意しました。わたしたちは円満に別れたのです」

当時はそのはずだった。サミュエルだってフローラの言葉に納得したはず。

それなのにやり直したいとか言い出すなんて、何を考えているのかさっぱりわからない。

「え？　別れたの？　なんで？　今後のためにも教えてよ。別れなければならない理由ってどういうこと？」

フローラがサミュエルと別れたと口にするたびに、驚かれたものだ。理由を聞いてくる者も多い。

だがそれに慣れてしまったのか、今は別れた理由を冷静に見つめ直すことができる。

「結婚したら仕事を辞めてほしいと言われたのです。価値観の違い。性格の不一致。理由としてはそうなりますかね」

「でも、フローラだってサミュエルのことはある程度知っていて、それで付き合ったわけでしょ？

あのクリスとは違うわよね。同じ騎士団に所属していたわけだし。この人とならら付き合ってもいいかもと思って、付き合い初めたのに、それでもダメなものなのかしら……」

別れた。その事実がジェシカを不安にさせているのだろうか。

「そうですね。やはり一緒になってみないとわからないところはあります。お互い、違う人間ですから。相手の嫌なところもたくさん見えてきます。それを許せるか許せないかっていうのがあるのでしょうかね。少し、言葉にするのは難しいのですが……」

フローラでさえ、何を言っているのかわからなかった。

例えば一緒に食事をしていて、その食事をこぼしてしまったときに、クリスなら笑って許せる。しかしサミュエルだったら彼の言い訳を聞きながら片づけをするのはフローラで、その事実に心の中にもやもやを抱えるのだ。

それでも今になって考えれば、サミュエルとの間にはお互いの気持ちが足りなかったのかもしれない。お互いにお互いを思いやる気持ち。感謝の気持ち。そして、自分の意思。それをどこかで伝えればよかったのかもしれない。

「アリハンスのアルカンドレ王子は、とても心の優しい方であると聞いております。ですからその優しい心を、ジェシカ様にも傾(かたむ)けてくださるのではないでしょうか？」

「そうかしら？　そうだといいのだけれど……」

ジェシカは不安そうに目を伏せた。

フローラは国の施策の一つとしてクリスとお付き合いをしてはいるものの、結婚は無理だろうと思ったら別れる選択肢が残されている。

だが、ジェシカは引き受けたら最後。いや、そもそも逃げ道など用意されていない。相手がどんな人物であれ、断れない縁談なのだ。

「ジェシカ様。わたしがクリス様と初めてお会いしたときのことなのですが……」

そうフローラが切り出すと、どうやらジェシカは興味を持ってくれたようだ。恋バナが好きなのはもしかしたら血筋なのかもしれない。

「クリス様の良いところを見つけていくようにしたのです。サミュエルとはすれ違ってばかりいて……それによって得られたものですね」

フローラは少しだけ苦しそうに笑みを浮かべる。

サミュエルとすれ違ってしまったのは、彼だけのせいではない。自分の気持ちを押し殺すようにして、彼と付き合っていた自分も悪いのだ。

それを気づかせてくれたのはクリス。

「そう……フローラはあのクリスとうまくいっているのね」

そこでジェシカは寂しそうに口元を緩める。

「私がアリハンスに嫁ぐ必要があるのであれば、あなたも連れていきたいと思っていた」

「ジェシカ様……」

フローラはジェシカに視線を向けたものの、ジェシカはその視線に応えることなくカップに入ったお茶の表面を見つめている。不規則に波紋が広がり、そこにはジェシカの歪んだ顔が映っている。

「だけど、あきらめるわ。国の施策のために、あなたがいやいやお付き合いしているのかと思っていたのだけれど、そうではないのよね」

白磁のカップを手にしたジェシカは、それをゆっくりと口元に運ぶ。コクリと飲む様子を、フローラは黙って見ていた。

「やっぱり、フローラの淹れてくれたお茶は美味しいわ。優しい味がするもの」

「もったいないお言葉です」

フローラは頭を下げる。それでも胸はチクチクと痛む。

ジェシカの隣国へと嫁ぐ件。自分の任務、そしてクリスのこと。

どうしたらいいのか、何をすべきか、どれが正しいのか。

出口のない迷路に迷い込んだような気分だった。


ジェシカが隣国アリハンスへ行く日取りが決まったとフローラが連絡を受けたのは、それから一か月以上も経った頃だ。

目的はジェシカとアルカンドレ王子との顔合わせである。実質お見合いのようなものだ。

その日、フローラが帰り支度をして騎士の間を出たところ、アダムから呼び出された。彼の執務室に向かえば、同僚のエセラが先に来ていて、二人は顔を見合わせる。

エセラは涼やかな金色の目と、肩まで真っすぐ伸びたとび色の髪が特徴の騎士だ。

フローラもエセラも、ジェシカ付きの近衛騎士で彼女の護衛を担当している。交代であたるため他に数人いるわけだが、この場に呼び出されたのは二人のみ。

「ジェシカ様がアリハンスへ向かうこととなった。君たちには護衛を頼みたい。だが、これにはいくつか問題があるから断ってもいい」

アダムがそのようなことを言うのは珍しい。

「俺だって、君たちのような優秀な人間を失いたくない」

次第にアダムの表情は曇っていく。

隣国アリハンスにジェシカが向かうだけだというのに、いったい何があるのだろうか。

「団長。今回の任務は、隣国へと向かうジェシカ様の護衛ですよね？」

エセラが尋ねた。彼女は物事を冷静に分析し、最小限の動きでジェシカを守る。隙がなく無駄もない騎士だ。

「ああ、ただ今回の遠征はアリーバ山脈を超える」

アダムの答えにフローラもエセラも目をぱちくりさせる。

「団長」

驚き、声の出ないフローラにかわって、エセラが言葉の先を奪う。

「アリハンスへ向かうには、アリーバ山脈を迂回するのが通常のルートですよね？　なぜアリーバ山脈を越える必要があるのでしょうか？」

アリーバ山脈は魔獣の棲み処とも言われている。その場所の特定はできないものの、アリーバ山脈に入った者が魔獣と遭遇することも多い。

そのため、アリハンスへ行くにはその山脈を避けて向かうのが一般的なのだ。商人や旅行者の多くも、よっぽどのことがない限りは、アリーバ山脈を迂回するルートを選ぶ。

「簡単に答えるなら、移動時間の短縮のためだ。迂回ルートでは、アリハンスまで十日ほどかかるが、山越えルートなら三日だ」

「その七日の差に、何があるのでしょうか？」

エセラの問いにアダムはなかなか答えない。

「王女殿下の安全を考えるなら、時間がかかっても迂回ルートで行くべきです」

エセラが声を荒らげた。

「それはできない」

そこでアダムは、やっと重い口を開いた。

彼が言うには、山越えルートを提案してきたのはわが国の外務大臣とのこと。移動時間短縮のためにアリーバ山脈を越えていけばいいと、言い出したらしい。

もちろん、それにはいくつもの反対の声が上がった。それでも外務大臣の意見が押し通されたのは、アルカンドレ王子の誕生パーティーに間に合わせるためということだった。

どうやら何者かがこの話を、わざと温めておいたようだ。本来であれば、この話が入ってきた時点で、すぐにジェシカの旅程は組まれるはず。

「迂回ルートで向かえば、王子の誕生パーティーに間に合わないという理由で、山越えルートだ」

そこまで説明したアダムは、まるで苦虫を噛みつぶしたような顔をしている。

「団長」

エセラの鋭い声が響く。

「そう、大きな声を出すな。俺だってわかっている。ジェシカ様を連れて山越えルートなどあり得ない。これが、ジェシカ様の縁談を破談にさせようとする誰かの考えであることなど、わかっている」

アダムは辛そうに片手で額を覆った。

「だが、それを証明できるだけの証拠はないし、あったとしてもどうしようもない。そもそも話を持ってきた外務大臣が『アリハンスからの連絡が遅かった』と、そう言い切っているんだからな。その話の信憑性だって怪しいものだ。とにかく我々にできることは、約束の日までに無事にジェシカ様を隣国に届けること。出立は五日後だ」

五日後。それも急な話だ。

だが、ジェシカ自身はアルカンドレ王子の誕生パーティーに出席したいのだろう。外務大臣の提案を受け入れるというのだ。

誕生パーティーは十日後。アリーバ山脈を越えてアリハンスに入国したとしても、準備期間などを考えれば五日後の出立すらきわどいところだ。しかし準備を怠れば山越えすらできなくなる。

「ですが、アリーバ山脈ですよ？　魔獣だって、どれくらい潜んでいるかもわからない。私たちだけであればまだしも、今回はジェシカ様がいらっしゃる」

「だから、だ。だから最初に言った。断ってもいいと。俺は君たちを失うようなことはしたくない」

この任務は責任重大だ。魔獣と遭遇するかもしれないし、また、失敗したときには責任だって問われる。そういったいろんな意味をひっくるめてのアダムの言葉なのだ。

「団長、わたしは受けます」

今まで黙っていたフローラが、すっと右手をあげた。

「団長のおっしゃりたいことはなんとなく理解できました。誰かが、ジェシカ様の縁談を破談にするため、わざと隣国からの連絡を怠った。今回の場合、怪しいのは外務大臣ですが、証拠もないのに決めてかかるのは危険です」

そうだ、とアダムは腕を組みながら大きく頷く。

「ですが、それによって、今回はあえてアリーバ山脈を越えてアリハンスへ向かう必要が出てきたわけです。ここでジェシカ様に何かあればアリハンスのせいにできますし、もしジェシカ様がパーティーの出席を断ったのであれば、この縁談はなかったことになる。どちらに転んでも相手の望む結果となります」

フローラは大きく深呼吸をして、アダムを真っすぐ見つめる。

「でしたらそのどちらでもなく、きちんと約束の日までにジェシカ様をアリハンスに無事にお届けする。それがわたしの責務だと思っております」

「フローラ……」

アダムが眉間にしわを刻んだ。

「団長！　もちろん私も行きますよ」

「エセラ？」

フローラは少しだけ高い声をあげて、隣に座るエセラを見やる。

「フローラ。私たちは約束したでしょう？　何があってもジェシカ様を一番に守るって。こんな誰かの陰謀に巻き込まれているジェシカ様を守らなかったら、ジェシカ様の護衛として失格よ。それに私たちが断ったら、誰が護衛につくの？」

「君たち……」

アダムは何か言いたそうなのだが、その言葉が続かない。

「団長。では、そういうことでお願いしますね」

エセラのこの言葉だけで、アダムはそういうことがどういうことかをもちろん理解している。

「団長……」

そこでまた、フローラがそろりと右手をあげる。

「念のための確認ですが……今回は、魔導士団から人は出るのでしょうか？　山越えルートということもありますので」

魔獣と遭遇する確率はゼロではない。そうなった場合、剣技だけではジェシカを守れないかもしれない。魔導士たちの魔法に頼る必要もある。

それはこちらの身を守るための魔法だったり、魔獣を倒すための魔法だったりと、魔導士によって種類はさまざまだ。それでも魔獣相手に魔法を使ってもらえれば、ジェシカの身の安全もぐっと高まるし、騎士らの負担も軽くなる。

だが、アダムの表情が一気に暗くなった。

「魔導士団から人は出ない」

「はぁっ？」

エセラが変な声を出した。いつも冷静な彼女らしくもない。それだけこの話を不審に思っているのだろう。

「魔導士団から人を出す必要はないと、外務大臣が言ったからだ。これはあくまでも外交の一つ。魔導士まで連れていったら体裁が悪いとか、そんな理由だ」

「ですが、アリーバ山脈を越えるのですよ？」

バシン！　とテーブルに手をついて、エセラが立ち上がる。彼女が興奮すればするほど、アダムの眉間のしわは深くなっていく。

「君の言いたいことはわかっている。だが、さっきも言ったはずだ。これは、失敗するためにいろいろと仕組まれているんだ」

「エセラ、落ち着いて。座ってちょうだい」

フローラは彼女を見上げつつ声をかけた。

「フローラはどうしてそんなに落ち着いていられるの？　どう考えたって、ジェシカ様のお命が危険に晒（さら）されるのよ？　そうとしか思えないでしょ？」

「エセラ。あなた、忘れているわよ？」

「何が？」

「わたしがただの近衛騎士ではないっていうことよ」

フローラを驚きの目で見つめたエセラは、腰を落とした。フローラの言わんとしていることを理解したようだ。

「わかった。では、二人にはジェシカ様の護衛としてアリハンスに共に向かうということでいいな？　人選が決まったら宰相に報告しなければならなくてな。今回の件は、陛下も宰相も頭を悩ませている」

国王がジェシカを可愛がっているのは有名な話だ。アルカンドレとの縁談も、「嫌なら断ってもいいんだぞ」と猫なで声で娘には言っていたようだ。しかし、ジェシカはそれを断るようなことはしなかった。

これも何かの縁だからと、アルカンドレとは手紙のやりとりを始めたらしい。

それもまだほんの数回ではあるものの、ジェシカのアルカンドレに対する好感度はあがったようだ。

『彼のことを知ろうと思ったのは、フローラのおかげよ』

アルカンドレの返事を胸に抱えながら、その内容を嬉しそうにフローラに教えてくれたこともあった。そのときのジェシカの姿が思い出される。

そしてその手紙のやりとりで、ジェシカはアルカンドレの誕生パーティーが近々開かれることを知った。

彼女が宰相に問い合わせ、宰相が外務大臣に尋ねたところ、そういったものを受け取っていたが連日の激務ですっかりと失念していたと、そんな言い訳までし、自身の過失すら正当化するかのように連絡そのものが遅かったと言い出したとのこと。

だからこそ、今回の件は絶対に失敗させてはならない。

フローラは貴重な魔法騎士。魔法騎士でありながら近衛騎士としてジェシカの護衛についていることは、あまり知られていない。所属が近衛騎士隊であるのも、いい隠れ蓑になっている。

また魔法騎士は武器に攻撃魔法を付与して、それによって魔獣討伐を行うのが主であるため、魔法騎士と言っても魔導士と魔法の使い方は異なるのだ。

しかし、連日クリスから魔法を教えてもらっているせいか、フローラ自身も魔法の使い方が上達しており、攻撃魔法そのものが使えるようになっていた。

フローラが貪欲にクリスに指導を求めれば、彼もそれに応えてくれる。

それでも彼は何かを隠しているように感じた。それが何であるかはもちろんわからないし、そうする彼の意図もわからない。

そこでふと、クリスのことが思い出される。

彼は反対するだろうか。危険だから行くなと、そう言うだろうか。サミュエルなら間違いなく反対する。

だけどクリスはそのようなことを口にする男ではない。

いつでもフローラの背を支えてくれる。そんな彼だからこそ、一緒にいたいと思ってしまうのだ。


フローラがクリスの屋敷に足を運ぶのも、何度目になるのかわからなくなっていた。

クリスはフローラの顔を見るだけで嬉しそうな笑顔を作るし、屋敷で働く使用人たちもどことなくそわそわしている。

フローラが彼の屋敷を訪れるのは、彼から魔法を教えてもらうことが目的だ。以前は水、土、火の三つしか使えなかった魔法だが、クリスから教えを乞ううちに風も使えるようになっていた。

「あの、クリス様」

裏庭でクリスと向かい合うフローラの表情は険しい。

ジェシカと共にアリハンスへ向かわねばならないこと。そのため、こうやって会うことができなくなること。

それらをどうやってクリスに切り出そうかと、ずっと考えていたが、やっと決心した。

「わたし……ジェシカ様の護衛として、隣国のアリハンスへ行くことになりました。出立は四日後です」

フローラがはっきりと言葉にすれば、クリスのニコニコとした表情は一変する。怒りの表情ではない。どこか寂しそうな顔だ。

「アリハンスまでは、馬車で十日ほどかかりますね。向こうでの滞在期間を考えれば、一か月、もしくはそれ以上会えないということですね？」

淡々と言葉を口にするクリスの目は笑っていない。

「いえ、クリス様。今回はアリーバ山脈を越えて向かいますので、もう少し早めに戻ってくることはできるかと思うのですが」

クリスのこめかみが震えた。

「あのアリーバ山脈を越えるのですか？」

クリスが視線だけを動かしてじろりと見下ろしてきたため、フローラも彼を見上げた。

「王女が一緒なのですよね？　誰がそのような愚行を提案したのでしょうか」

「やはり、クリス様もそう思われますよね」

ため息とともに、そう言葉を漏らす。

ジェシカが危険を冒してまでアリハンスに足を運ばねばならない理由を、クリスには伝えるべきだろう。

フローラは大きく首を振って、周囲を見回した。

その様子を見ていたクリスは「どうかしましたか」と声をかける。

「いえ、相談したいことがありまして。どこか座ってお話しできるところがないでしょうか」

花すら植えられていない裏庭には、座って話せるようなベンチなどもない。

「つまり、あなたの話は長くなるということですね」

「そうかもしれません」

ふむ、とクリスは右手で顎をさする。

「まぁ、正直なところを言いますと。魔法の練習というのは、あなたにこの屋敷に来ていただくための口実のようなものです。それに、四属性の魔法を使いこなせるようになった今、私のほうから教えることなどもうありません」

「そうなんですか？」

フローラとしては、自分にそれだけの実力がついたなど信じられないし、クリスにあれこれ言われながら魔法を使うのは嫌いではない。むしろ楽しい。そのようなことを言われるのは心外だった。

「そういうことですので、中に戻りましょう。私のほうからも、あなたの魔法について伝えたいことがあったのです。今日はその時間にあてましょう」

クリスが黙って右手を差し出してきた。

フローラも黙って自身の手を重ねる。

初めは慣れなかったその仕草も、今では自然と彼の手を取ることができる。

クリスと共に屋敷へと戻ったものの、通された部屋はいつもの応接室ではない。

「ここは？」

「私の部屋です」

極上の笑みを浮かべたクリスは、しっかりと人払いまで済ませてしまう。用意されたお茶はテーブルの上で、湯気を立てている。

「では、フローラ。先ほどの話の続きをお願いします」

「あ、はい」

クリスは今にもフローラを膝の上に乗せそうなほど、ぴったりとくっついて隣に座っている。だが、話をするには距離が近すぎる。フローラが距離を取ろうと思って座り直せば、クリスも離れたくないとでもいうかのようにまた密着して座り直す。

それが三回ほど続いたときに、フローラはやっとあきらめた。

「実は……」

フローラは、ジェシカと共にアリハンスへ向かうことになったいきさつを話し始める。

途中までは飄々（ひょうひょう）とした表情をしていたクリスだが、話が核心に近づくにつれ顔を歪める。

「クズですね」

話が終わったところで彼はお茶を一口飲み、そう呟いた。

「世の中、クズが多すぎる」

「それでもジェシカ様は、アリハンスに行くことを望まれています。ですから、わたしはその手助けをしたいと思っております」

「彼らの狙いは王女の縁談を失敗させること。つまり、王女がアリハンスに行かないと言わせるために仕組まれたこと」

「はい。それはジェシカ様も理解されております。ですから逆に、何がなんでも今回の案件を成功させたいと、私もそう思っております」

「今回の件、我々魔導士団には話がきておりませんが？　アリーバ山脈を越えるのですよね？」

クリスはこう見えても魔導士団の副団長だ。魔導士団から人を派遣するという依頼があれば、彼の耳にも届くはず。

「はい。それもあちらの策略の一つだと思うのです。今回はジェシカ様がアルカンドレ王子の誕生パーティーに出席のためにアリハンスに向かうから、魔導士まで連れていくと体裁が悪いとかなんとか、そんな理由です」

体裁のために王女の命を危険に晒すのが目的ではない。むしろ誕生パーティーへの出席を断念させるための屁理屈だ。

「それで、クリス様にお願いと言いますか……ご相談があるのですが」

フローラが顔をクリスに向ければ、鼻先に彼の髪が触れた。それだけ距離が近い。すぐ目の前に彼の顔がある。

「なんでしょう？　あなたのお願いであれば、どんなことでも喜んできますよ」

クリスも横を向いてそう言うものだから、吐息が頬に触れる。不意打ちすぎて、頬が熱くなる。

「わたしは、回復魔法が使えるようになりますか？」

魔法は四元素から成り立っているが、そこに属さない光と闇がある。光は治癒、闇は呪いという特殊な属性だ。

「なるほど。そこまで考えていましたか。さすが私のフローラです」

クリスが手を重ねてきた。手を触れられただけだというのに、なぜかざわりと肌が粟立つ。

「実は、あなたにブレナン殿を紹介されたとき、あなたが持つ魔力について相談しておりました」

「わたしの魔力ですか？」

フローラはこてんと首を横に倒す。

「はい。今のあなたは、四属性すべての魔法が使えるようになりました。それは、魔導士でいうところの特級魔導士と呼べる実力があるということです。魔導士の階級についてはお話ししたことがありませんでしたね」

「そうですね。今、初めてお聞きしました」

そこでクリスが魔導士の階級、魔導士と魔法騎士の違いについてを端的に説明した。

「天は二物を与えずと言いますけれども。どうやら、あなたはそうではなかったようです。魔法と剣技、そのどちらの能力も備えているようですね」

そう言われても、フローラは自分が魔法を使えるようになるとは思ってもいなかった。学園入学時の魔力鑑定でさえ、魔導士の適性なしと判断された。

「あなたが魔法を使えるようになったのは、一年と少し前ですよね？」

そこでクリスは視線を前に戻した。フローラに声をかけているというのに、彼の視線が違うものを捉えているだけで、心が離れてしまったような気がする。

「はい……」

重ねられた手は、より強く握りしめられる。どことなく、ピンと張り詰めた空気が漂う。この雰囲気は、初めてクリスと顔を合わせたときと似ている。

「あなたがなぜ魔法を使えるようになったのか。その理由をブレナン殿と考えていました」

フローラもクリスに視線を向けることなく「そうなんですね」と呟く。

「フローラ」

名を呼ぶクリスの声が、少し震えているようにも聞こえた。

「あなたは一年と少し前に、あの男と身体を繋げましたね？」

フローラの鼓動は速まった。クリスが言わんとしていることを、瞬時に理解した。

彼は、サミュエルと初めて性交渉に及んだことを指摘している。付き合い初めて一か月が過ぎた頃、求められてそれに応えた。ただ、それだけのこと。

「……はい」

フローラが消え入りそうな声で返事をすると、少しだけクリスの身体が跳ねたようにも見えた。

「フローラ。私は別にあなたを責めているわけではありません。ただ、事実を確認したかっただけで……」

「はい」

クリスが慌ててそう取り繕う姿も珍しく、フローラも身を固くする。だが、その緊張すら彼に伝わったのだろう。

「あなた自身が気がついているかどうかわかりませんが。あなたは長い間、その魔力を封じられていたのです」

「え？」

フローラが反射的に彼を見つめると、クリスは微笑み返す。

「誰がなんのためにあなたの魔力を封じたのかはわかりませんが……。あなたがあの男と身体を繋げたことで、あなたの封じられた魔力が解放されたのです。あの男にも、微量ながらきっと魔力があったのでしょう。それに感化されたと考えられます」

なかなか受け入れがたい話だ。クリスの口から前の男との情事について語られるとは思ってもいなかった。

「それでもあなたの魔力解放はじゅうぶんではなかった。得意とする水属性はそれなりに使えたかもしれませんが、他の属性についてはほんの少し。土の塊を投げつけたり、弱い火を熾したりその程度であって、その二属性については武器への魔法付与はできなかった。そうですよね？」

まるでフローラの過去を見ていたかのように、事実を言い当てる。

「……はい」

「ところが、再度、あなたの魔力が解放されるときがきた」

「え？」

驚いたフローラであるが、クリスの言葉に心当たりはない。

「なぜそのように驚くのですか？」

クリスが耳元でささやく。

「私と身体を繋げたときですよ」

「ひゃっ」

さらに耳朶を食んできたため、フローラは変な声をあげ肩をすくめる。

顔を背けてクリスから逃げようと試みるものの、彼の手が伸びてきてフローラの顎をがっちりと押さえ込み、すぐに口づける。

「……んっ」

クリスがしっかりと顎を捉えて放さない。

フローラは啞然として彼の端整な顔を見つめるものの、なぜ唐突にこのような行為に及んだのか、意味がわからなかった。

クリスの口づけは止みそうにない。唇を食み、舐め、こじあけ、舌を絡めてくる。

「ふっ……ん……」

されるがままのフローラだが、いきなりの行為に思考が追いつかない。

魔力解放の話をしていただけだというのに。

クリスの少し厚めの舌が、口内を蹂躙し始める。息つく隙を与えず、逃げようとするフローラの舌を絡めとる。

ぐちゅぐちゅと唾液の絡まる音が室内に響き、その淫らさから逃れたいと思うのに、クリスの手ががっちりと顎を捉えているため、それもできない。

「あ……ンふっ……」

呼吸を求めてクリスから離れようと彼の肩に手をかけるものの、クリスの身体はびくともしない。

あまりにも苦しくて、意識を手放しそうになりながらも必死に堪え、彼の肩をぽかぽかと叩く。

　さすがのクリスも気づいたようで、やっと唇を解放してくれた。

「クリス、さま……何を、なさるんですか……」

　目尻に涙をため、乱れた呼吸を整えながらフローラはクリスを睨みつける。さらに、彼によってべたべたにされた口元を、袖口で拭いた。

　クリスは麗しく微笑み、口元をペロリと舐め回す。

「あなたの魔力解放のお手伝いを」

　フローラはそれとなくクリスから距離を取ろうとした。腰を浮かしてちょっとだけ右側にずれてみるが、クリスも同じように右側にずれてくるため物理的な距離は先ほどと変わらない。それをもう三度ほど繰り返せば、ぴったりと肘掛けとクリスの間に挟まれてしまう。

「あなたは私と身体を繋げ、達したことでその魔力が解放された」

　フローラの深い緑色の瞳が大きく見開かれた。

　初めてクリスと身体を繋げてからというもの、その後そういった行為はなかった。

　というのも、次の日、フローラが動けなくなってしまったからだ。

　幸い、次の日はフローラの休日だったからよかったものの、ねちっこく無理をさせられたことにクリスに向かってぶぅぶぅと文句を言った。

「私と身体を繋げたあなたが倒れてしまったのは、てっきり私の魔力に当てられたからと思っていたのです。ですが、どうやら違ったようですね。魔力が解放されたことで、肉体がついていけなかっただけなのです。本当はあなたに会うたびにあなたを抱きたかった。だけどあなたの魔力は未知数。事後にあなたが苦しむ姿を見たくなかったから、私はずっと我慢していたのです。そんな私を褒めてください」

底光りするような瞳でフローラを射貫き、顔を近づけてくる。鼻先が触れ合うような位置で彼はぴたりと動きを止めた。

「フローラ。もしかしたらあなたは、全属性を持ち合わせている貴重な魔導士、すなわち聖人かもしれない……」

聖人——四属性の他に光と闇も扱える魔導士のことをそう呼ぶと、以前、彼は言っていた。残念ながら、この国に聖人は存在しない。

「先ほどの質問ですが……」

そう言われても彼に翻弄されてしまったフローラの思考は飛んでいる。どの質問だろうか。それが顔に表れたのだろう。クリスが悦に入ったように微笑む。

「あなたが、回復魔法を使えるようになるかどうか。という質問ですよ」

輝く青い双眸でフローラの目をのぞき込んでくるものだから、顔が近い。

「もしかしたら、あなたの封じられている魔力がすべて解放されたとき、使えるかもしれません」

なぜかクリスがローブを脱ぎ始めた。そしてフローラのローブにも手をかける。

「あの、クリス様？」

この先、何が起こるのかは容易に想像がつく。そうなることを望んではいるものの、どこか心がズキズキと痛むのはなぜなのか。

肩からするりとローブが落ちた。その下にはブラウスとロングスカートという姿である。すぐにクリスはブラウスの釦(ボタン)にも手をかけた。

「ええと、クリス様？」

フローラの声が届いているのかいないのか、彼はゆっくりと釦を外している。だがフローラは彼の手に自身の手を添えて、その動きを制止した。

「クリス様。聞こえていますか？」

「ええ、聞こえています」

「ですから、なぜ人の服を脱がそうとしているのですか？」

「もちろん、あなたを抱くためですよ？　それとも服を着たままのほうがいいですか？　それはそれで背徳感を覚えますね。できればそのまま、あなたを後ろから犯してみたい」

そのようなことを真顔で言われ、フローラは無言で曖昧(あいまい)な笑顔を返す。だが、クリスはその手を止めようとはしない。

「ですからクリス様」

ブラウスの釦は上から三つまで外されてしまった。それ以上は阻止するかのように、彼の手をぐっと押さえつける。

「なぜ、わたしはクリス様に抱かれなければならないのですか？」

頬に熱をためたまま、フローラは彼を睨みつける。

クリスとそういった関係になるのは嫌ではないのだが、いかんせん彼は言葉が足りない。彼が理解していることであっても、フローラにはわからないことがたくさんあるのだ。とにかく説明してほしい。

「私は言いましたよね？　あなたは私に抱かれて、達することでその魔力を解放することができる。あなたにはまだ封じられている力があります。ブレナン殿もあなたの魔力を鑑て、そう感じたと言っておりましたし、私も同感です」

また、顔中がかっと熱くなる。顔だけではなく耳も熱をもったようだ。

「そ、その……ブレナンさんは、わたしの魔力とクリス様の関係について、ご存じということですか？」

「そうですよ。何も恥ずかしがる必要はありません。ブレナン殿は私とあなたのことを心から祝福してくださると、そう言っておりましたので」

「クリス様はそうかもしれませんけれど」

やはり他人に閨ごとを知られるというのは、恥ずかしいものだ。

「以上のような理由から、今からあなたを抱いてもいいですか？」

「ですから、どういう理由ですか？　クリス様はわたしの魔力のためにわたしを抱くのですか？」

クリスの話を聞いて、何か胸に引っかかるものがあった。

彼はフローラという女性が好きだから抱くのか。それともその魔力に興味があるから抱くのか。

サミュエルとの行為が思い出される。彼は、自身の欲の発散のためにフローラを抱いていた。だから子どもはいらないと、そう言っていたのだ。

だけどクリスは家族を望んでくれている。だというのに、今の彼はどういった気持ちでフローラを欲しているのか。

「違います。あなただから抱きたい。あなたが隣にいるだけで私は昂ってしまう。だけど、あなたを初めて抱いた次の日。あのときのあなたの姿を見てから、我慢しようと思っていました」

「どうして？」

「あなたに無理をさせたくないから。でも、今日は遠慮をしません。これから一か月近く会えなくなる。その身体に私を忘れないようにしっかりと刻みつける必要があります」

理由を得て嬉しいのか、クリスは妖艶な笑みを浮かべた。一方でフローラも別の喜びが生まれていた。

「クリス様は、わたしに行くなとはおっしゃらないんですね」

クリスは器用に片眉だけあげながら、やわらかく微笑んだ。

「あなたが自分の仕事に誇りを持っていることを、私は知っておりますから。ですが、それとこれとは別です。あなたを守るためにも、抱きたい」

フローラはクリスの背に両手を回し、彼の厚い胸板にこてんと頭を預ける。

「わたしもクリス様と離れてしまうのは寂しいです。だけど、ジェシカ様をお守りしたいという気持ちもあります。この国の変な策略にのせられて、ジェシカ様が大切な気持ちを失われてしまうのが怖いのです」

クリスの手が優しく背を撫(な)でる。

「あなたがアリハンスから戻ってきたら、結婚しましょう」

その言葉に驚いたフローラは、思わずクリスから身体を離す。

「クリス様？」

「あなたと出会ってから、すでに三か月が経とうとしています。ですが、私たちの関係はそんな月日など関係ないほど深いものです。私との結婚は嫌ですか？」

「いえ……ただ、突然のことで驚いています」

結婚前提のお付き合いという名目ではあったものの、合わなかったら別れてもいいという、そういった始まりだった。

だけど、実際に結婚を意識してしまうと、次第に鼓動が速まってくる。

「私としては今すぐにでも結婚して、名実共にあなたを私のものにしたい。ですが、これからあなたがアリハンスへ向かうことを考えて、我慢します。やはり我慢がきちんとできる私は、偉いと思うのです」

その口ぶりは、まるで子どものようだ。美しい青年でありながら、ときには幼子のような甘えた仕草を見せる。だから彼に目も心も奪われてしまう。

そんな彼だからこそ信じられる。

「クリス様。ジェシカ様のことでご相談があるのですが……」

「まさか、あの王女は私とあなたのことを反対なさっているのですか？」

違いますと、フローラは首を左右に振る。

「ジェシカ様がアリハンスに嫁ぐのであれば、わたしを連れていきたかったと、そうおっしゃってくださって。ですが、わたしがクリス様とお付き合いしているから、それをあきらめると……」

「当然です」

「ただ、もしもですよ？　もし、わたしがジェシカ様が嫁がれるときに、一緒にアリハンスへ行くという判断をしたら、クリス様はその……」

クリスを試すような質問だ。サミュエルであれば絶対に行くなと言うだろう。

だけど、クリスはどう答えるのかが知りたかった。サミュエルとは違うということを、はっきりと知りたい。

そこでクリスは、ふむと唸った。

「問題ありませんね。そのときは私もあなたと一緒にアリハンスへ行くだけです。そして王女……

いや、その頃は王子妃か王太子妃かわかりませんが。まぁ、あなたがあの王女の騎士を辞めたらこちらに戻ってくればいい。もしアリハンスを気に入ったのであれば、何も無理してまでこちらに戻ってくる必要はありません。私はあなたと一緒に過ごせるのであれば、どこであろうがかまいませんから」

それから一呼吸置いて、こう告げた。

「何か問題でも？」

問題はない。ただ、嬉しくて恥ずかしくて、彼の顔をまともに見ることはできない。

だけど、はたと気づいた。そもそもクリスと出会ったきっかけは、国の政策の一つとして。その二人が隣国へ行くこと自体に問題はないのだろうか。そんな考えがまとまる前に。

「では、これから会えなくなる分、しっかりとあなたを刻ませていただきます」

言いたいことを言い切ったせいか、クリスが胸元に顔を寄せた。上から三つ釦を外されたブラウスからは、胸元が大きくのぞいている。クリスはその間に顔を埋め、ペロリと舌で舐めあげた。

「ひゃ……クリス様……」

何か不満でも？　とでも言いたげな表情をしながらクリスは顔をあげる。

「ここでは少し……場所を変えていただけませんか？」

「わかりました。あなたが望むように」

クリスは軽々とフローラを抱き上げた。そのまま四柱式の立派な寝台に連れていかれ、丁寧に下ろされた。

クリスが勢いよくシャツを脱ぎ捨てたかと思えば、フローラの衣類に手をかけてきた。あっという間に剝かれてしまい、フローラは一糸まとわぬ姿にされてしまった。足をきつく閉じ、胸元は両腕で覆ってみるものの、クリスは黙ったままで口を開こうとしはしない。

ただ彼の視線はフローラの裸体を追っている。目が合えば、彼の顔が近づいてくる。

胸元に置いていた手は簡単に捕らわれ、豊かな胸が露になる。

唇と唇が重なり合う。

「……う、んっ……」

クリスの口づけはいつもしつこい。その執拗な口づけに応えるうちに彼の肌と胸がこすれ合い、敏感な先端は尖りを増す。

「はっ……ん、んっ……」

漏れ出る淫らな声は自身でも制御できない。それでもきつく彼の背に手を回して、愛撫に応える。

絡み合う唾液はなぜか甘く感じた。クリスの舌に翻弄されるたびに、全身から力が抜けていく。

クリスの手は胸元に伸び、乳房を大きく包み込んだ。さらに親指で敏感な尖りを刺激してくる。

「……うん……ふぁっ……」

こすれて感じやすくなっていた乳首は、次第に硬さを増してくる。

そこでクリスはフローラの口を解放する。

「また、泣いているのですね？」

うっすら笑みを浮かべたクリスは、目尻にたまった涙をペロリと舌で拭(ぬぐ)い取った。その舌が熱くて、思わず身体が跳ねてしまう。

「あなたは本当に可愛いですね」

彼の背に回した手は、無意識のうちに震えていた。

「クリス様……？」

フローラの反応をじっくりと見ていたクリスは、下からすくい上げるようにして、乳房に両手を添えた。右側の先端にパクリとかぶりつく。

「あっ……んんっ……」

胸を揉(も)みしだかれ、感じる場所を押しつぶされ舐め取られるたびに、お腹(なか)の奥が疼(うず)き始める。

「……あっ」

すっかりと硬くなった先端にクリスは指の腹をぐいぐいと押しつけてくる。

「いやっ……それ、だめ……」

胸に襲いかかる快感に、背中を反(そ)らす。その隙に、彼は自身の体重をかけてきて、器用に足の間に入ってきた。閉じていた足は彼によって暴かれ、恥丘にぐりぐりと腰を押しつけてくる。

「ああ。申し訳ありません。早くあなたの膣(なか)に入りたくて、こんなになってしまいました」

くちゅりと艶めかしい水音が響く。彼の指が膣穴の浅いところを撫でるたびにくちゅくちゅといやらしい音がする。

「あっ……」

思わず声を漏らせば、彼は幸せそうに笑い、フローラの両膝に手をかけ押し開く。恥ずかしさよりも快感が勝ってしまい、フローラはされるがまま。脱力感からか彼の背に回していた手も離れてしまう。

クリスはしっとりと濡れそぼる割れ目に口づけをした。

「……ひゃ」

生暖かくてぬるりとした感触が秘部を攻め立てる。何かにすがりたくて、ついクリスの頭を摑んでしまった。彼の黒くて艶やかな髪が太ももに触れただけでも、背筋にざわりと痺れが走る。

身体をよじって快感から逃れようとしたところ、すかさずクリスが太ももに手をかけて、秘部が見えやすいように固定する。

花びらを一枚一枚剝くかのように舐めた彼は、膣洞にその舌をくちゅりと忍び込ませた。

「いやっ……そんなとこ……」

溢れ出てくる蜜を一滴も逃すまいとして、ぐいぐいと舌を入れてくる。そうやって舌が動くたびに、淫猥な音が響く。

「んん、ああっ……」

疼く快感にクリスの髪を強く握りしめてしまうが、彼はそれにも動じず、さらに感じる場所を探ろうとしている。ぷっくりと顔を出し始めている秘玉に彼の舌が触れた。

強い刺激に身体をくねらせ、それから逃れようとするものの、今度は指で執拗に弄(いじ)られる。

脳髄まで痺れるような快感が、さらに激しくなる。

「やっぱり、ここがいいんですね」

「あっ……あぁっ……」

心と身体が切り離されたような衝撃に襲われた。頭の中に強烈な光が生まれたかと思うと、快感の熱が弾(はじ)け全身を駆け抜けていく。それには抗(あらが)えず、四肢から力が抜ける。

「フローラ……」

くったりとして焦点の合わない目で見上げると、炯々(けいけい)と瞳を輝かせるクリスの姿があった。彼の下腹部では、己の欲に素直な男根がその存在を主張していた。

「クリスさま……」

涙で濡れたまつげを輝かせながら、フローラは両手を広げて彼を受け入れる。

「あなたという人は……」

クリスは、熱杭を秘部にこすりつけるようにしながらフローラを抱き寄せ口づけた。

「ん……っ」

彼はまだ挿(い)れようとはしない。こすれ合う性器からは、ぐちゅぐちゅと淫らな音が聞こえる。それが少しじれったく感じた。もっと彼を感じて突いてほしいのに、それがまだ叶(かな)わない。

クリスはゆっくりと腰を動かし、フローラを刺激してくる。

「いやっ……クリスさま……焦らさないで……」

そのような言葉が自分の口から出てきたことが信じられなかった。身体がクリスを求めている。

「まったく、どこまで私を煽れば気がすむんですか。あなたを傷つけたくなくて、ゆっくりと慣らして、もっと濡れてから挿れようと思っていたのに」

そこまで言い終えた彼は、滾る雄杭を入り口に押し当てた。燃えるように熱い昂りは、膣の中を押し広げるようにして突き進んでいく。

「んっ……」

その圧迫感に耐えるかのように、シーツを握りしめる手に力を込める。

「くっ」

男根を根元までしっかり咥え込んだとき、クリスは苦しそうに声をあげた。

「あぁ……あっ……あっ……」

ただ繋がっただけだというのに、フローラが息を吐くたびに嬌声がこぼれる。クリスが力強く抱きしめてきた。

「あなたの声は、私にとって媚薬のようなもの……頼むから、動かないでください……」

クリスががっしりと腰を固定するかのように摑んできた。

その言葉に応えるためにコクコクと首を振ると、また彼は苦悶に顔を歪める。

「だから、あなたは」

クリスは強くかき抱き、フローラの唇を塞ぐ。それに答えるように彼の背に両手を回す。

「あ、んっ……」

口づけが深くなればなるほど、襞がきゅっとしまる。

そこからクリスは腰を引きゆっくりと奥を穿つ。じれったい刺激がフローラを襲う。

「はっ……もっと……」

唇が離れた瞬間に声を漏らすと、「くそ」とクリスから悪態が放たれる。

「必死で耐えているというのに……」

彼の目に情欲の火が灯る。抜け落ちそうなまで杭を引き抜き、勢いをつけて奥まで突く。

「あぁっ」

打擲音が響き、彼が腰を叩きつけてくる。そのたびにフローラのたわわな胸がふるりと揺れる。

限界まで広げられた肉襞は愛液を滴らせ、結合した場所からはぐちゅぐちゅと卑猥な音が聞こえた。

「やっ……あっ……」

ずんと奥を突かれるたびに、淫らな襞が熱杭に絡みつく。

「くっ……うぅ……」

低く呻きながらも、クリスもずんずんと激しく腰を揺さぶってくる。

「フローラ……フローラ……」

切なく苦しそうに、彼はフローラの名を呼ぶ。

「クリス様……」

熱に浮かされながらも、彼女もクリスの名を口にした。

「フローラ……好きですよ……愛しています……」

汗によってぴったりと額に張り付いた髪が、彼の美しさをいっそう際立たせていた。

「わたしも……クリス様を……お慕い、しております……っ」

気持ちを言葉にした途端、フローラの身体の中で幸せの熱が弾け飛んだ。

彼の背を摑まえていた両手は、さらにきつくその背を抱きしめる。どくんどくんと震える心臓が、身体を強張(こわば)らせる。

直後、クリスが激しく腰を打ち付け、奥で欲望を解放した。あたたかなものがフローラの身体を満たしていく。

二人できつく抱きしめ合う。

身体だけでなく、魔力までもが溶け合って絡み合い、余韻に酔いしれる。

「フローラ」

彼が優しい眼差(まなざ)しを向けながら、銀白色の髪を梳(す)いた。

それはフローラにとっても心地よいものであった。次第に落ち着きを取り戻し、クリスに向かって花がほころんだような笑顔を向ける。

「フローラ……」

なぜかクリスが熱っぽい眼差しで見つめてくる。埋もれている男根が熱芯を帯びてくる。だが、彼はそれをすっと引き抜き、フローラの肩を摑んでゴロリと転がした。

「クリス様？」

うつ伏せになったフローラは、顔だけ後ろを向けて彼の名を呼んでみるが、その瞬間、腰を摑まれてお尻を突き出す形になってしまった。

「まだ治まらない」

今度は一気に後ろから貫かれた。なんとか腕を突き四つん這いになるものの、後ろから穿たれるたびに身体を支える腕から力が抜けていく。

「あぁっ……」

枕を抱きしめ、息をつく領域だけを確保する。

すでに何度か達した身体は、快感を拾いやすくなっていた。後ろから突かれるたびに、先ほどとは違った肉襞が擦られ高められていく。

「あぁ……フローラの中は気持ちよすぎて……ずっと繋がっていたい……」

熱い吐息と共に言葉を漏らしたクリスは、片手で乳房を揉みしだき、もう片方の手で陰核をくちくちと摘んでいる。

「だめっ……いっしょは、ダメ……」

そんな言葉など、抵抗していないに等しい。

「あぁっ……」

ひときわ高い声をあげたフローラはガクガクと四肢を震わせる。

小刻みに揺れる身体をクリスが後ろから抱きしめ、低く呻いた後、奥で爆ぜた。

繋がった場所からはあたたかな何かが流れ込んでくるが、これは絶頂とは異なる感覚。彼から魔力が漏れ出てきているのだろう。それがとても心地よい。

「もう少しあなたとこうしていたいところですが……これ以上は、あなたが私の魔力に当てられてしまう……」

穏やかな声でそう言ったクリスは、熱を失った肉棒をするりと抜いた。中に注がれたものが溢れてくる。

しかしフローラはお尻を突き出したまま、動けずにいた。そのまま余韻に浸り、暴れる鼓動を落ち着けていると、背中から彼に包まれた。

コロンと二人で抱き合って横になる。

「無理をさせましたか？」

耳元でささやかれただけで、お腹がきゅんと疼く。

「いいえ」

背中から抱かれていてよかったのかもしれない。こんな火照った顔を彼には見られたくない。しかも、こんな明るい時間から淫らな行為に耽ってしまったという背徳感すらあった。

何度も彼の腕の中で弾けてしまい、そのたびに胸の中は多幸感で満たされていく。それが波紋のように広がっていき、全身を満たす。

それによって、忘れていた記憶が呼び起こされた。


——あの人は誰だろう。

記憶の中で目をこらす。フローラによく似た女性である。

——お母さん？

女性の隣にいるのは、ここ数年会っていない父親だ。だけど、最後に顔を見たときよりも、だいぶ若い。

——あれは、わたし？

女性の腕の中には生まれたばかりの赤ん坊がいる。だけど彼女は悲しそうに笑っている。

——わたしは、生まれてきてはいけなかったのだろうか。

母親に悲しい顔をさせている。それを見ただけで、心にずしりと重いものがのしかかった。

母親の命を奪ってまで生きている自分は、生まれてきてはいけない存在だったのではないだろうか。

母親はフローラを生んでからというもの、すっかり体調を崩してしまった。

もしかして彼女の命を奪ったのは自分かもしれない。

――だから、誰かに必要とされたかった。

自分の存在を否定したときに、猛烈にそう思い始めた。

サミュエルと付き合っていたのは、彼に必要とされたかったから。

サミュエルに何を言われても言いなりになっていたのは、彼からいらない人間だと思われるのが嫌だったから。

ジェシカの護衛を全うしたいと思っているのも、彼女に必要とされていると実感できるから。

――わたしはずっと誰かに必要だと思われたかった。


「……ラ、フローラ。フローラ」

名前を呼ぶ声に、はっと目を開けた。

美しい瞳が心配そうにフローラの顔を見つめている。

「あ、えと……クリス様？」

「大丈夫ですか？　辛くはありませんか？」

今にも泣き出しそうな笑みを浮かべたクリスが、そう尋ねてきた。

どうやら少しだけ気を失っていたようだ。

「大丈夫……です」

クリスの顔を見たら、なぜかフローラも泣きたくなったが、それを気づかれないようにと彼の胸元に顔を埋めた。

何か夢をみたような気がする。それがとても悲しくて切なくて。

だけどクリスがここにいて、こうやって愛して、必要としてくれるから——。

そんな不安な気持ちはどこかに消えてしまった。

第五章

九十五パーセントの気持ち

ジェシカが隣国アリハンスへ出立する日がやってきた。

必要最小限の人間で移動するのは、目立つのを防ぐためでもあった。アリーバ山脈を越えるのに、敵はなにも魔獣だけではない。魔獣に備えて派手に移動すれば、今度は野盗に狙われる。

そういったことを鑑(かんが)みて、馬車は二台。一台の馬車にジェシカとその護衛としてフローラとエセラ、そしてジェシカの身の回りの世話をする侍女(じじょ)。もう一台の馬車には騎士らが乗っており、彼らが見張りもかねて交代で御者(ぎょしゃ)も務める。

アリーバ山脈を越えて移動する者は、商人や貴族などとにかく金を持っている者か、もしくは極端に金のない者。

裕福な商人や貴族らは護衛として傭兵(ようへい)を雇い、山越えをする。たかが数日の時間短縮であっても、商人にとってはそれが大きな利益につながる場合だってある。

だからこそ野盗らは襲うのだ。

しかし金目の物など奪う物がないとわかっていれば、彼らも無駄な労力は使わない。

そうした理由で、今回は最小限の人数に絞った。このような編成も一種の駆け引きである。

ただ少人数編成の場合、魔導士の同行が望ましいが、それをよしとしなかったのが外務大臣だった。

そもそも魔導士の仕事は魔獣討伐やら魔法の研究やらが主で、王族や貴族の護衛は含まれていない。しかしアリーバ山脈には魔獣が出ることから、滅多にない山越えルートを使うときだけ魔導士が同行するときもある。この場合、目的は魔獣を倒すこと。

ただの外交であればいないはずの魔導士。そんな彼らが同行するというのは、いったいどのような状況かと、アリハンス側は推測するだろう。

外務大臣が「体裁が悪い」と口にしたのは、ここに理由があった。アリハンスに悪い印象を与え、ジェシカの縁談に影響が出たらどうするのだ、と。

それらしい理由を並べ立てられ、国王と宰相がその意見に乗ってしまったのは、鬼気迫る形相で大臣が訴えたからだ。

だが、その結果がこれだ。

クリスは、フローラに向かって決して「アリハンスへ行くな」とは言わなかった。ただ「治癒魔法は使わないように」と釘を刺しただけ。

クリスが魔力解放を手伝いたいと言ってフローラを抱いた日、彼の言葉は事実となった。

あの後、フローラの封じられた魔力はすべて解放された。それによって、四属性の他に、光と闇、その二つの魔力を感じるようになったとクリスが言った。

つまり、フローラが聖人と呼ばれる存在だったと、驚きながらも彼は言葉にしたのだ。

だからこそ、治癒魔法を使ってはならない。全属性の魔法を使える人間が存在することを、他の者に知られてはならない。そう、何度も何度もクリスが訴えてきた。

彼がフローラを案じているのは痛いほど伝わってきたが、治癒魔法を使わないのであれば、どうやってジェシカを守ればいいのだろうか。

『簡単なことですよ。治癒魔法を使わなければならないような状況を作らなければいいだけです。つまり、魔獣や野盗に襲われなければいいのです』

『そんなこと、できるのですか？』

『ええ、あなたならできます。魔獣はとても頭のいい獣です。だからこそ、相手が自分より強いと判断したら襲ってきません。魔獣より弱い人間だからこそ狙われるのです』

『つまり、わたしたちが魔獣より強いことを証明しながら移動すればいいと、そういうことですか？』

フローラが尋ねれば、クリスは大きく頷いた。

『あなたには少し負担になるかもしれませんが、アリーバ山脈を越える間は、その魔力を常に放出させてください』

『魔力の放出ですか？』

そう言っても、フローラにはピンとこない。

『あなたの魔力はあなたが思っている以上に強い。その魔力を周囲に見せびらかすような感覚で放出するのです』

そこからクリスによる魔力放出の指導となった。

彼が言うには、アリーバ山脈を越える間は魔力を放出し、超えた後はそれをやめるようにとのこと。特にアリハンスに入ってからは、逆に魔力は抑えるようにというのが彼からの指示でもあった。

『あなたの力は危険です。だからこそ、魔力の制御が必要なのです』

――と、クリスとのやりとりを思い出しながら、フローラは馬車に揺られていた。

「フローラ。具合でも悪いの？」

黙ってじっと気を張り巡らせているフローラの様子を心配して、ジェシカが声をかけてきた。彼女の隣には茶髪の侍女が清ました様子で座っている。

「いいえ。ご心配いただきありがとうございます」

隣に座るエセラがちらりと視線を向けてはきたものの、何も言わない。

「そう？　だったらいいのだけれど」

「ジェシカ様はご自分のことを心配なさってください。気分は悪くはないですか？」

すぐさま侍女がジェシカに向かって声をかけていた。

「ええ、大丈夫よ。あなたも心配性ね、ナッティ」

「誰だって心配します。こんな山を通り抜けていくだなんて」

「そのために彼女たちがいるのでしょう？」

「そう言いましても……何も、こんな山の中を……」

よほどナッティは不満なのだろう。ぶつぶつと文句を口にし始める。それをジェシカは苦笑しながら聞いていた。文句を言いたくなる気持ちもわからないでもない。

王女付きの侍女は基本的に身分が高い令嬢が受け持たねばならない。だが今回の不穏な空気を感じたのか、いつもの良家の侍女たちは、ついてくることが叶わなかった。本人たちがよくても、家の者たちが同行を許さなかったのだ。こんな危険を伴う道中に同行してくれただけありがたいと思っているのだろう。

だから心根の優しいジェシカは彼女を咎めないのだ。

そんな二人のやりとりを目にしつつ、フローラはエセラに目配せする。

エセラには魔獣の気配を探りながら行くことを伝えてある。だけどそれには集中力を必要とするから、馬車の中ではぼうっとしているように見えるかもしれない。そのときは、それとなく誤魔化してほしいとお願いしていたのだ。

事情を知らないナッティからすれば、王女殿下の前でぼんやりしているだけに見えるだろうが。

「ジェシカ様。帰りはアリーバ山脈を迂回するルートになると思います。さまざまな町が点在しておりますので、そこで休みながらゆっくりと戻ってきましょう」

　エセラがそれとなく話題を振った。

「ええ。そうやって他の町を見るのも楽しみなの」

　そこでやっとジェシカの顔がほころんだ。

「ジェシカ様、あまりはしゃぎすぎないでくださいね。お怪我でもされたら大変ですから」

「もう、ナッティはそうやってすぐに私を子ども扱いするのね」

「子ども扱いではございません。事実を述べただけです」

　お互いに軽口を言えるだけの余裕も出てきたようだ。張り詰めたままの雰囲気では、気が滅入ってしまう。

　それがきっかけとなり、ジェシカがぽつぽつと何かを話題にし、話も弾むようになってきた。

　デトラースから二泊三日の馬車の旅は、悪路を通るから決して快適とは言えないものの、野盗にも、魔獣にも一度も襲われずに終えることができた。

　昼過ぎにアリハンスの王都に入り、遠目からでも煉瓦色の王城が見えてきた。王城はエイヴァリー城とも呼ばれ、国の創設者の名前がつけられている。

　エイヴァリー城に到着し、ジェシカは手厚い歓迎を受けた。

　すぐに身なりを整えたジェシカは国王陛下への謁見、その後、アルカンドレとの初顔合わせとしてのお茶会、庭の散策がなされた。すでに二人のことが決まっているかのような流れであり、フローラもできる限りそれに同行する。

アルカンドレはジェシカの来訪を心から歓迎した。物腰もやわらかく、笑みを絶やさない。

そんな彼に、ジェシカはすっかりと心を許したようだ。今まで手紙のやりとりをしていた影響も大きいのかもしれない。

フローラとエセラはそんな二人の様子を少し離れた場所から見守っていた。

いくら王城内とはいえ、ジェシカにとっては慣れぬ異国の地。またジェシカが足を運んだことを面白くないと思う者もいるかもしれない。そういった不埒(ふらち)な者から主(あるじ)を守るのがフローラたちの役目で、そのためにここまでついてきたのだ。

「フローラ、身体(からだ)のほうは大丈夫？」

視線をジェシカに向けたまま、エセラが尋ねてきた。

「ええ。さっきはありがとう」

馬車から降りた途端、フローラは目の前が真っ白になってしまい、ふらついた身体を支えてくれたのがエセラだった。

移動の間はクリスの教えに従い、ずっと魔力の放出を行って魔獣を威嚇(いかく)していたため、魔力の使いすぎの状態に陥ってしまった。

クリスから散々注意されていたというのに、少しでも気を抜けば魔獣が襲ってくるのではないかと、そんな気持ちから魔力による威嚇を続けていたのだ。

「お安いご用よ。それに、どうせ移動の間、魔法でも使っていたんでしょ？　一匹の魔獣にも遭遇しなかったんだから。普通だったら一匹や二匹くらいは、出てきてもおかしくはないからね」

フローラはその問いには答えなかった。だけど、それを肯定の返事だとエセラは受けとったようだ。言葉はなくても、一緒にいる時間が長いだけあって、お互いのことがなんとなくわかる。そういった意味でもエセラはフローラにとってもよき相棒である。

「誕生日パーティーは三日後よね？」

エセラの言葉に「そうね」と返事をする。

「なんとか間に合ったわね。それから、今後のシフトだけど……」

エセラが言うには、アリハンスからもジェシカの護衛をつけてくれるとのこと。

そうやって予定を確認しながら、ジェシカとアルカンドレの茶会を見守っていた。


アルカンドレの誕生日パーティーでは、ジェシカは彼のエスコートを受けて参加した。それを目にした誰もが、二人の関係を察したようだ。

それだけ二人の仲は睦まじいものだった。

だが、正式な婚約は後日交わされる予定である。

ジェシカは成人しているし、アルカンドレは彼女よりも四つ年上だ。もっと早く婚約という話題があがってもよかっただろう。

日を重ねるごとに、ジェシカとアルカンドレの仲は深まっていく。

そんなアリハンスでの滞在があと二日となったとき、アリハンスの事務官がジェシカの滞在する部屋へとやってきた。ジェシカがアルカンドレとの昼食を終え、部屋でゆったりとくつろいでいたときだ。

事務官の手には一通の書簡。それを受け取ったのはエセラである。

ジェシカの手に渡す前に中身の確認をするのも、護衛の役目。手紙に毒が塗られていることもあるためだ。

封を開け中身を確認したエセラの顔は、次第に曇っていく。

「どうかしたの？　エセラ」

ジェシカが不安げに尋ねた。

「今から十日後に、ストリダンから王太子夫妻がデトラースを訪問されるという内容です」

近隣国のストリダンの王太子夫妻が、外遊のためにデトラースへと足を運ぶらしい。それに間に合うように王女に帰国してほしいというのが、書簡の内容だった。

エセラによる確認が終わり、その書簡をジェシカへと手渡した。それを受け取ったジェシカが、書面の内容を確認する。大まかな内容はエセラが口にした通りだ。

「まったく。うちの大臣のスケジュール管理能力はどうなっているのかしら」

エセラがそうぼやくのも仕方あるまい。

「十日後っていったら、間に合うわけないじゃないの」

ジェシカの声も荒々しい。憤っているのが伝わってくる。挙句、読み終えた書面をテーブルの上にぽいっと投げ出した。

「わたしが見てもよろしいですか？」

フローラが尋ねると「どうぞ」と返事があった。フローラはテーブルの上から書面を手にした。

それに触れた瞬間、書面から真っ黒くて何か嫌な気持ちが流れ込んできた。

書面の差出人は外務大臣だ。外務大臣といえば、今回のむちゃくちゃな旅程の原因となった大臣でもある。

だけど、本当にこれを書いたのは外務大臣なのだろうかという疑問が湧き起こっていた。

「フローラ、どうかした？」

書面を手にしたまま動かないフローラを不思議に思ったのか、エセラが声をかけてきた。

「あ、うん。この書面。ちょっとおかしくない？」

フローラがエセラの前に書面を差し出す。

「この外務大臣のサインと押印なんだけど。いつもと違うというか、そんな感じがしない？」

「偽物ってこと？　う～ん、だけど私にはわからないかも……」

いきなりジェシカが手を伸ばしてきた。書面を渡せと言いたいようだ。

フローラはジェシカの手の上にそれをのせた。ジェシカはもう一度、書面に目を通す。

「やっぱり私にもわからないわ」

「そうですか……」

フローラもなぜ偽物だと思ったのかはわからなかった。なんとなくそう思っただけ。直感だ。

だからこれが偽物だと証明できない以上、指示に従う必要がある。

「また、山越えですかね」

フローラが口にすれば、ジェシカはぷうっと頬を膨らませた。

「楽しみにしていたのに。いろんな町を見て回るのを」

「山越え、するつもりなの？」

エセラが声をあげる。

「この書面が偽物だと証明できない以上、従うしかないのでは？」

「そうだけど……」

エセラは大きく肩で息を吐いた。

「それよりもフローラ、大丈夫なの？」

「何が？」

「ま、体力かな？　あなたの」

「なんとか。ここでも少し休ませてもらったからね。帰りもなんとかしてみる」

「やっぱり、フローラのおかげなのね」

そこでジェシカが口を挟んだ。

「魔獣に遭遇しなかったのは、フローラのおかげなのよね？　やっぱりあなたはすごいのね」

「たまたまですよ、ジェシカ様」

そう言ってフローラは、はしゃぐジェシカを落ち着かせた。


ジェシカが予定よりも早く帰国したことに、国王も宰相も驚きを隠せない様子だった。

アリハンスでの滞在期間を短くしたわけでもない。となれば、帰りもアリーバ山脈を越えてきたことになり、その事実に驚愕した。それでも無事に行き来できたことに安堵の笑みを浮かべた。

エセラが事情を説明すると、宰相は険しい表情になる。やはり、ストリダンからの来訪の予定はないらしい。

書面の差出人が外務大臣であったため彼に確認してもらったところ、そのような書簡を送った記憶はないしサインも違うと言い張った。

さらに今回のアリハンスの件も、なぜ自分も失念してしまったのかがわからないと、申し訳なさそうに顔を歪め、ジェシカに謝罪していた。過ぎてしまったことを責めても仕方ない。

けれど、フローラの嫌な予感は当たっていたのだ。

とにかくジェシカの旅程を無事に終えたこと。それだけが救いであった。

同時にクリスに会いたいという気持ちがフローラの心の中に湧き起こってくる。でも、身体が重くてアダムに今回の件を報告するだけで精一杯だった。

アダムもフローラの疲労を感じ取ったのだろう。

犬猫でも追い払うかのように「帰って休め」と言われ、追い出された。それはエセラも同様で、二人は帰宅する。

同じ居住区に住んでいる二人は一緒に帰り、フローラの様子を心配したエセラが自宅の前まで送ってくれた。

「フローラ。本当に大丈夫？　ちゃんと休むのよ」

エセラに礼と別れを告げ自宅に入ったフローラだが、懐かしい寝台が目に入ったときには、着替えもせずにそのままそこに倒れ込んでしまった。

◆

第一王女ジェシカが帰国したらしい。つまりフローラが帰ってきた。

クリスはその話をノルトから聞いた。律儀に彼はクリスに伝えにきたのだ。

「予定より早くありませんか？」

クリスが尋ねると「そうなんだよなぁ」と、ノルトは顎（あご）をさすりながら答える。

「もしかして、帰りもアリーバ山脈を越えてきたのですか？」

「そうかもしれないな」

「なんのために？」

「知らん。それはおまえのフローラ嬢に聞いてみればいいだろ？　どうせ、これから会うんだろ？」

時間はお昼を少し過ぎた頃。帰国の報告を国王らにすませれば、フローラの時間も自由になるだろう。

「おまえのその顔、不気味だわ」

自分でも気づかぬうちに、顔が緩んでしまったようだ。

ノルトはひらひらと手を振って部屋を出ていった。本当にフローラが戻ってきたことだけを伝えに来ただけのようだ。

クリスはフローラが顔を出してくれるのを今か今かと待っていた。報告だって何時間もかかるわけではないだろう。

一時間待ち、二時間経った頃、居ても立ってもいられず、ブレナンのもとに足を向けた。

ノルトでは茶化されて終わりだが、ブレナンであればクリスのこともフローラのことも真剣に考えてくれる。

それにクリスは、フローラの魔力解放の件についてもブレナンに相談していた。その話を聞いたブレナンが出した結論は、クリスが考えていた内容と同じものだった。

ただ、フローラの力を不特定多数の者に知られてはならないと、彼も口にする。

クリスはブレナンの部屋の前に立っていた。彼は魔法騎士をまとめる立場にある。ノルトといいブレナンといい、個室を与えられている人間を訪問するのは楽だ。

それに引き換えフローラはまだ個室を持っていない。そういった者たちは、騎士の間と呼ばれる大広間を利用している。だからクリスはフローラに簡単に会いには行けないのだ。

扉を叩けば、中からブレナンの穏やかな声が戻ってきた。

「これはこれは、クリス殿。どうかされたのか？　まあ中に入って、そこに座りなさい」

クリスとしてはフローラのことさえ確認できればよいと思っていたため、長居する気はなかった。だが、ブレナンから座りなさいと言われてしまうと、それに従わなければならないような気がしてきた。

「フローラは戻ってきたのですよね？」

「やはり、貴殿が気になるのはフローラのことか」

苦笑を浮かべたブレナンが、クリスの前にコトリとお茶を置いた。

クリスが珍しく「いただきます」と言葉にするのは、相手がブレナンだからだろう。

「フローラも無事に戻ってきた。ジェシカ様がおっしゃるには、行きも帰りも魔獣と遭遇することなくアリーバ山脈を越えることができたとのことだ。恐らく、フローラの力によるものだろう？

そしてそれを教えたのはクリス殿だ」

「ええ、そうですね」

頷いたクリスは、手にしていた白磁のカップをテーブルの上に戻す。

「それでフローラはどうしているのですか？」

「ああ、かなり体力……いや、魔力か？　消耗が激しいようだ。アダムに報告をあげたらすぐに帰ったらしい。五日ほど休暇を与えると、アダムは言っていたな」

ブレナンの目は笑っているが、クリスは肩を落とす。

「そうですか……」

帰る前に顔を見せに来てくれるのではないかと淡い期待を抱いていたが、その期待は儚く散ってしまった。

「寂しそうだな、クリス殿」

ブレナンは目尻にしわを浮かべ口元を緩めてはいたが、その視線だけは鋭いものだった。

「ブレナン殿……フローラのことですが……」

言いかけたクリスの言葉の続きを、ブレナンが奪う。

「ああ。今のところ、こちらで知っているのは私とアダムのみだ」

「やはり、彼女が聖人であるとお思いですか？」

聖人は四属性の他にも光と闇の魔法が使える。少なくとも治癒魔法が使えるようになったフローラは、四属性の他にも光が使えると証明された。

闇魔法は禁忌魔法。むやみやたらに使うものではないと、クリスはフローラに伝えてはみたものの、彼女の魔力からはその闇すら感じ取ることができた。

「恐らくな」

そこでブレナンは顔を伏せ、大きく息を吐いた。

「クリス殿は、フローラと結婚するつもりか？」

「いずれ、近いうちに」

「そうか……フローラの父親と私は年が近いから、彼のことをよく知っているのだが……」

クリスはこめかみをピクリと動かした。ここでフローラの親の話が出てくるとは思ってもいなかった。

「彼女の父親は騎士だった」

それはクリスもフローラから聞いて知っている。彼女が騎士を目指したのも、父親が原因だ。

「フローラと同じように近衛騎士隊に所属していたが、彼の護衛対象者が聖人だった」

「何十年か前には聖人がいたらしいですね」

「らしい」と口にしたのは、クリスが生まれ、物心つく頃にはすでに聖人はいなかったからだ。

「あの頃の聖人は、もう人として扱われていなかった。神のような存在だ。自由を奪われ、国と民のためだけにその力を使う。肉体的にも精神的にも国によって縛られていたようなものだ。だが、その聖人が突然いなくなった」

「いなくなったのですか？　亡くなったのではなく？」

ブレナンは静かに頷いて、言葉を続ける。

「行方不明になった。突然、この王城から姿を消した。人さらいにあったとか逃げ出したとか、そういった噂も流れた。もちろん、この国にとって重要な聖人であるから、関係者は血眼になって探した。だが見つからなかった。聖人がいなくなって二年が経ってから、亡くなったと判断された」

そこでブレナンはお茶を一口飲んだ。クリスにとってはその動作がなぜかもどかしく感じられた。

「念のための確認ですが。その聖人というのは、女性ですか？」

聖人とは男女問わず、条件を満たす者を指す言葉だ。

「ああ、そうだ。そしてその聖人が行方不明になってから一か月後。フローラの父親は騎士を辞めた。護衛対象である聖人がいなくなったのだから、責任を取ると本人は言っていたが……」

クリスはブレナンの言いたいことをなんとなく察する。

「もしかして……」

「ここからは推測の領域となる。恐らくフローラは聖人の娘だろう。あの力が証明している」

さすがのクリスも息を呑む。

「つまり、彼女の力が封じられていたのも？」

「母親の仕業だろう。娘を自分と同じ目に遭わせないようにと」

ブレナンは推測だと口にしたが、間違いなく事実だろうという思いがクリスにはあった。

「ブレナン殿は、いつそれにお気づきになられたのですか？」

「ああ。貴殿から相談を受けたときだな。聖人がいなくなった時期、フローラの父親が騎士を辞めた時期、そしてフローラの生まれた時期。考えてみたらすべてが繋がった」

「つまり、彼女の父親が聖人をかくまっていたということですか？　ですが、二年もの間、いなくなった聖人を探していたわけですよね？　よく誤魔化せましたね」

「まあ……これも推測になるが……」

そこでブレナンは何かに祈るかのように両手を組み合わせた。

「すでに聖人はその力を失ってしまったのではないだろうか。だから人目につかないところでひっそりと暮らし、力を探られても気づかれなかった」

力、すなわち魔力を失ったのであれば、その魔力を探られる心配はない。聖人や魔導士ではなく、ただの人となってしまったのだから。

「クリス殿がフローラと結婚する気でいるのであれば、どうか彼女を守ってもらいたい。私の願いはそれだけだ。二十年前と今、この国の情勢は違うが、それでも二十年も存在しなかった聖人だ。国内だけでなく、国外からもその力を利用しようとする人間が出てくるかもしれない」

「ご安心ください。言われるまでもありません」

「クリス殿ならそう言うと思っていたよ」

ははっと声をあげたブレナンの目は笑っていた。

◆

なぜか身体が重く感じられた。

手足を動かそうとしても自由に動かすことができない。深い闇に閉じ込められ、四肢には鉛の塊をくくりつけられたような気分だ。

そこでフローラは目を開ける。どうやら夢をみていたようだ。

「起きたのか？」

「え？」

そこにはフローラを見下ろすかのようにして寝台に腰をかけている男がいた。だが、クリスではない。

「サミュエル……なんで？」

自宅までエセラに送ってもらい「きちんと鍵をかけなさいよ」としつこく言われたため、玄関には間違いなく鍵をかけた。それなのに、なぜ彼はここにいるのか。

「合鍵」

サミュエルは騎士服の内側から、じゃらりと鍵の束を取り出した。その束の中の一つに、この部屋の合鍵があるようだ。

「フローラ……俺たち、結婚しよう」

彼は目尻を下げ、フローラを見下ろしている。

「え？」

フローラには彼の言っていることが理解できなかった。

サミュエルとはきちんと別れた。結婚を申し込まれたが、それも仕事を辞めるという条件を突きつけられてしまった以上「できない」ときっぱり断り、二人の関係に終止符を打った。彼も渋々とそれに同意したはず。

一度はよりを戻そうと迫られたが、すでにクリスと付き合っていたし、それを見て彼もあきらめただろうと思っていた。

だから、今更こんなことを言ってくるのが理解できない。

サミュエルと話し合うために身体を起こそうとしたフローラだが、彼がしっかりと肩を押さえつけてきたため、起き上がることができない。

「なぁ、やっぱり俺たちは一緒になるべきなんだよ」

サミュエルの顔がフローラに迫ってきた。この後の展開は容易に想像ができる。

フローラは顔を背(そむ)けたものの、その背けた先でサミュエルに唇を奪われた。

今までの彼であれば、触れるだけの口づけだったはずなのに、今日はいつもと違う。フローラの閉じた唇をこじ開けようとしてくる。

驚いたフローラは目を見開き、それを阻止しようとしきりに顔を逸らすものの、サミュエルの両手によって頬をがっちりと押さえ込まれているため、それもできない。

歯を食いしばり冷静に考える。サミュエルの両手が頬を包み込んでいるなら、肩の拘束は解けたということだ。

フローラも負けじとサミュエルの肩を摑む。自分の身体から引き離そうと、力いっぱい彼を押す。サミュエルも突然のことで、何をされたのかわからなかったのだろう。瞬間的に怯(ひる)み身体を離した。だが、すかさず彼は、フローラの両手の自由を奪う。

「なあ、フローラ。なんで俺を拒むんだよ？　俺たち、うまくいっていたよな？」

サミュエルの言葉に、フローラはぶんぶんと勢いよく首を左右に振った。

「サミュエル。わたしたちは終わったの。それに今、わたしは他の人と付き合ってるって言ったよね？」

「おまえの相手ってあの魔導士だろ？　おまえとあいつじゃ釣り合わない。俺にしとけよ」

サミュエルが寝台の上に乗ってきた。彼の重みもくわわり、寝台がギシリと音を立てる。

この状況では明らかにフローラのほうが不利だ。両手は彼によって拘束され、押し倒されている。となれば、自由になるのは足しかない。

フローラは身体を寄せてくるサミュエルに向かって、勢いよく膝を立てた。狙いはみぞおちだ。

一瞬だけでも相手の呼吸を乱すことができればいい。

「うっ……」

見事フローラの足は狙った場所を直撃した。身を縮めた彼の隙をついて、フローラはコロンと転がって寝台から下りた。

寝台を挟み、フローラはサミュエルと対峙する。

立ち上がって気づいた。着替えもせずに寝台に倒れ込んだのだ。騎士服のままでよかった。

サミュエルから目を逸らさずに距離を保とうとしたが、次の行動としてどうすればいいのかがさっぱりわからなかった。相手が魔獣であれば攻撃を仕掛けるしかないが、今はサミュエルが相手なのだ。

だからといってこの場にとどまっていれば、彼に捕まってしまう。

いくら騎士という立場であってもサミュエルも同じ騎士。しかも警備隊長を務めているくらいなのだから、フローラ一人で敵う相手でもない。となれば、やはり逃げるという選択肢が最善のように思えてきた。

サミュエルを見据えたまま、部屋の出入り口へと向かう。しかし、残念ながら出入り口は彼の背にある。

彼はフローラの狙いにすぐさま気づいたようだ。ニタニタと笑いながら後ろに顔を向けたもののすぐにフローラに視線を戻す。

「もしかして、俺から逃げようとしてる？」

「もしかしなくても」

「どうして?」

「サミュエル。わたしとあなたは別れたでしょ? それにもかかわらず、合鍵使って人の部屋に勝手に入るようなことをして。そういう非常識な人間だとは思わなかった」

そこでフローラは、自分で口にした言葉に矛盾を感じた。

彼と付き合っているときに、合鍵など渡したことはない。それはサミュエルも同じだった。

不規則な勤務である以上、二人の予定が合わない日は無理して会うようなことはしないというのが、付き合い始めたときに決めたルールでもあった。そこだけは、彼もフローラの身体を気遣ってくれていたのだろう。

彼も不器用な男だったのだ。

「サミュエル。どうしてわたしの部屋の鍵を持ってるの?」

「どうして? ああ、どうしてだろう?」

フローラが問うと、サミュエルの動きが少し鈍くなったように見えた。

サミュエルの様子がおかしい。目が泳ぎ、首がゆらゆらと左右に揺れる。

サミュエルだけどサミュエルではないような——。

これに似た感覚は覚えがある。だけど、それをどこで感じたのかがわからない。

「いや、そんなことはどうでもいいだろう」

彼の目の色が文字通り変わった。優しげな雰囲気を醸し出していた茶色の瞳が、今は赤く、肉食獣のように爛々とフローラを狙っている。

こんなサミュエル。わたしたちは知らない。

「サミュエル。わたしたちは別れたよね？　別れてから半年近くも経つのよ？」

「別れた？　俺とおまえが？　いや、別れて……俺はおまえと結婚したいって、ずっと……いや、別れた。結婚できないと言われて、それで……そうだ、あの男が俺たちの邪魔をしたんだ。だからおまえを奪おうと思って……」

サミュエルが頭を抱え始めた。

ふと、クリスから教えてもらった闇魔法が思い出された。

『闇魔法は、人を呪い、人を操り、人を魅了する属性です。だから、決して人に使ってはなりません』

だからといって闇魔法は完全に悪ではない。魔獣討伐においては有利に働くこともある。

もしかして、サミュエルは闇魔法によって操られているのだろうか。

ドクンと心臓が大きく音を立てた。

『魔力を探れば、その者に魔法がかけられているかどうかがわかります。頭の中で球のようなものをイメージさせるといいですよ』

クリスの声が脳裏によみがえる。

『探りたい魔力属性の色の球をイメージしてください。それを次第に大きく膨らませて、パンと破裂させる。するとその破片が勝手に魔力を拾ってくれますから』

クリスから受けた魔法の教育が、こんな所で役立つとは思わなかった。それはアリハンスに向かったときもそう。そして今も。

フローラは頭の中で透明な球を思い描いた。

その間もサミュエルから目を離してはならない。間合いを詰められて、身体を拘束される恐れがあるからだ。力だけでは彼には敵わない。だからといって、こんな狭い場所で魔法を使いこなせる自信もない。今できるのは、彼が彼の意思で動いているのか、それとも誰かによって操られているのか。それを確認することだけ。

鋭くサミュエルを睨みつけながら、フローラの頭の中の球は大きくなっていく。それがパーンと勢いよく弾け、破片がサミュエルに向かって降り注ぐ。

破片はサミュエルの身体に吸収されていった。つまり、彼は闇魔法によって操られている。そうでなければ、破片は彼に吸収されることなくちりぢりになったはず。

「なあ、フローラ。俺にはおまえが必要なんだよ。俺たち、やり直そう。次はきっとうまくいく」

闇魔法によるものだとわかったものの、現状を覆せるだけの力がフローラにはない。ただ彼から逃れるだけ。

サミュエルが一歩近づく。フローラは、彼の背後にある出入り口を狙って横に移動する。

「なあ、フローラ。俺から逃げるなよ」

サミュエルが焦らすかのようにゆっくりと近づいてきても、フローラには逃げ道がない。壁に沿って横に移動するのが精一杯だ。だけど、こんな狭い部屋の中で逃げられる場所など限られている。すぐ目の前には彼の顔が迫っていた。

「なあ、フローラ。一緒に死のう。あの世で一緒になろう」

サミュエルはフローラの命を狙っていたのだ。いや、彼を操っている誰かがフローラを狙っている。

彼の手が伸びてきて、フローラの細い首を捉えた。突然のことで驚くものの、その手を掴んで必死に抵抗する。

だが力では敵わない。だから、何か使える魔法はないかと考えているうちに、喉が痛くて苦しくて、頭がぼんやりとしてきて、何もわからなくなってきた。

ドンッ！

激しい音によって、首を絞めていた手が緩んだ瞬間に身を低くし、サミュエルの背後へと回る。

「フローラ、無事ですか？」

フローラの身体をすぐに支えたのはクリスだ。

「ケホッ……。は、はい……なんとか、ケホ、ケホ……」

圧迫されていた喉が空気を求めて咳き込んでしまう。

「彼はあのときの男ですね？」

「はい」

ふむ、とクリスはサミュエルに視線を向けた。

見るからに自我を失っているサミュエルの赤い瞳は、何かに操られているようにも見える。

「フローラ。彼は闇魔法で操られているようですね」

魔力を探らずとも、クリスには感じるものがあったらしい。

サミュエルは腕をだらりとさせながら、こちらの様子をうかがっている。

だがサミュエルが動き出す前にクリスが何か手を打つだろうと、フローラは期待していた。クリスの右手が不自然に動いている。何かしらの魔法の準備をしているようだ。

「フローラ。闇魔法から彼を解放するのは闇魔法しかありません」

そう言ったクリスは、自分で右手を押さえ込んでいる。

「私には彼に攻撃を加えることはできても、彼の術を解くことはできません。あなたは、私が彼を攻撃するのを望んではいないでしょう？　そうすれば彼は怪我をしますし、下手(へた)をすれば死にますから」

どうしてこのような状況で他人を思いやることができるのだろう。

クリスの噂は酷(ひど)いものばかりだ。

変わり者、変人、空気の読めない男。

そういった噂はフローラの耳にまで届いているし、それを理由に「別れたら？」と言ってくる者もいた。付き合いが長くなれば長くなるほど、フローラとクリスの仲も周知されていったからだ。

だけどそんな彼が他人を思いやれる優しい人間であることを知っている。

「フローラ。彼を助けることができるのはあなたしかいません。私の言うとおりにやってみてください」

フローラは首肯する。このような状況に陥っている理由はさっぱりわからないが、サミュエルが闇魔法に操られているのは事実なのだ。

クリスの言葉に耳を傾ける。使い方を間違えれば、その人の人格すら奪ってしまう恐ろしい闇魔法。

「いいですか？　闇の属性だけを意識して、それをパンの生地をこねるように頭の中で練り合わせるのです」

闇魔法が使えることがわかったときも、この魔法を使うことはないだろうと思っていた。魔獣だって、基本の四属性で対応することができる。

サミュエルは低く唸ったまま、こちらとの距離を縮めようとはしない。

もしかしたらクリスが何かしら魔法を使って、彼の身体を拘束しているのかもしれないが、フローラはとにかく闇魔法に集中する。

じわりと額に汗が浮かび始める。騎士として剣を振るうよりも、魔力の制御というものは神経を使う。魔力制御を間違えれば、周囲にいる人たちも巻き込んでしまう。さらに今は、闇という危険な魔法を扱っている。

「フローラ、今です」

クリスの声に合わせて、練っていた魔力をサミュエルに向ける。色のない透明な塊が彼に襲いかかった。

フローラにはそれが見えた。透明であっても、どこか空間が歪んでいるように見えた。クリスにも見えているのだろう。

何が起こったのかわからないサミュエルは、膝を突いてそのまま前に倒れ込んだ。

「フローラ」

名を呼ぶ声に振り向けば、アダムとブレナンが立っていた。肩で大きく息をしていることから、急いでここに向かってきたようだ。

「え？　団長とブレナンさん？」

「フローラ。俺たちはサミュエルを連れていく」

「あ、はい」

アダムとブレナンは、倒れているサミュエルを連れて外に出ていった。

何がなんだか、さっぱりわけがわからない。

「フローラ」

優しい声で名を口にしたのはクリスである。

「疲れているところを申し訳ありません。できれば、私と一緒に来てもらいたいのです」

「どこにですか？」

「王城に。陛下は今回の件を重く受け止められているようです」

「陛下？　今回の件？」

クリスの言葉の意味がさっぱり理解できない。

「ですが、陛下はあなたの力を知りません」

「わたしの力って？」

アリハンスから戻ってきたばかりであるうえ、寝起きのような状態である。慣れない魔法も使ったばかりで、フローラの思考は追いつかない。

「クリス様、申し訳ありません。何がなんだかよくわかりません」

「ああ、そうですね。また私が勝手に暴走してしまった。説明しながら王城へと向かいましょう」

さあ、と言いながら手を差し出すクリスの仕草はとても自然なものだ。フローラはうつむきながらも、彼の手をしっかりと握りしめた。

居住区から裏門まではすぐそこだというのに、クリスはわざとゆっくり歩いているようにも見える。

「あの、クリス様。ありがとうございました。それから、ただいま」

クリスがなぜか噴き出した。

「クリス様？　どうかされました？」

「いえ……ただ、私も緊張していたようです。ですがあなたがそうやって可愛らしい挨拶をしてくれたものだから……お帰りなさい、フローラ」

彼は少しかがんで、耳元でわざとそうささやいた。

近くに感じる吐息も懐かしい。そして、ほっと安心できるもの。

「無事で帰ってきてくれて何よりです」

「はい。本当は、もっと早くクリス様にお会いしたかったのですが。身体がとても疲れてしまって……それで、すぐに帰ってしまいました。会いに行けなくて、ごめんなさい」

「ええ、あなたのことですから、ずっと魔力で魔獣を威嚇されていたのでしょう？」

「はい、クリス様から教えられた通りに」

繋がれた手に、クリスがきゅっと力を込めてきた。

「どうかされました？」

「いえ、こちらに来る前にあなたを抱きしめてから来ればよかったと。今になって後悔しております」

「では、今はこれで我慢してください」

フローラが立ち止まると、クリスも慌てて歩を止める。そしてフローラは彼の肩に手をかけ背伸びをすると、その頬に軽く口づけた。

「フローラ?」

驚くクリスにフローラは微笑(ほほえ)んだ。

「いつもクリス様が、自分の気持ちを伝えるようにとおっしゃっていますから。わたしの今の気持ちです。クリス様にお会いしたかったです」

「ええ、私もあなたに会いたかった。ですが、口づけはこちらにしてくださると嬉(うれ)しいのですが」

クリスは右手の人差し指で唇を指した。

「そちらにしてしまいますと、クリス様の場合はそれだけでは終わらないような気がいたしましたので」

フローラが愛らしい笑みを浮かべると、クリスも少しだけ口元を緩めた。


裏門から敷地内へと入り、王城の中へと急ぐ。

フローラがクリスに連れていかれた場所は、彼と初めて顔を合わせたあの貴賓室だ。中へ入れば錚々(そうそう)たる顔ぶれが並んでいた。

国王をはじめ、宰相、騎士団長のアダムと魔法騎士のブレナン、そして魔導士団長のノルト。そこに魔導士団副団長のクリスが揃(そろ)えば、フローラだけが場違いだった。

「フローラ。君はそこに座りなさい」

アダムに促され、クリスと並んで腰を下ろす。

「フローラ。身体のほうは問題ないか？」

アダムの言葉に「はい」と首を縦に振る。

「あの、サミュエルは……」

「ああ。魔導士団に預けてある。やはり、闇魔法によって操られていたみたいだ」

肩をすくめ、苦笑を浮かべてアダムは答えた。

「サミュエルは、当分の間、治癒院での療養となる。闇魔法の副作用というのもあるらしいからな。魔法が解けたからといって、すぐに任務に戻るのは難しいだろう。まずはしっかりと身体を休めることが大事だ」

サミュエルは警備隊長だ。その隊長が療養となれば、他の隊員たちにも影響が出るだろう。だけどそれをなんとかするのがアダムの仕事なのだから、ここは彼に任せるしかない。

「フローラ」

不意に名を呼んだのは、国王だった。

「今回のアリハンスの件、まずは礼を言わせてほしい。ジェシカのことを守ってくれてありがとう」

「陛下、もったいないお言葉です。どうかお顔をあげてください。わたしはジェシカ様の護衛として、その任務を全うしただけですから」

任務なのだからジェシカを守るのは当然のこと。何も特別なことではない。

国王が顔をあげたところで、ブレナンが一枚の用紙をテーブルの上に置いた。

「フローラ。これに見覚えはあるね？」

「はい。アリハンス滞在時に届いた書面ですね」

「そうだ。外務大臣のサインがあるため彼に確認したところ、このようなものを送った覚えはないという答えだった」

フローラがいる前でも、宰相と外務大臣はそのようなやりとりをしていた。

「魔導士団長のノルト殿に鑑てもらったところ……」

そこでブレナンがノルトを横目で見たものの、すぐに視線を元に戻す。

「これにも闇魔法がかけられていることがわかった」

ノルトも重々しく頷いた。

ここにいる者の表情が暗いのは、先ほどから話題にあがっている闇魔法が原因だろう。

「我々が知る限り、今、闇魔法を扱える者は存在しない」

ノルトの言葉に、フローラの心の奥がざわめき立つ。

室内に沈黙が落ちた。誰が先に口を開くのか、そんな探り合いにもみてとれる。だが、その静けさを破ったのはやはりノルトだった。

「我々魔導士団としては、その闇魔法の使い手を突き止めたいところなのだが。その使い手は間違いなくフローラ嬢を狙っているだろう」

予想していなかった言葉に、フローラは大きく目を見開き、助けを求めるかのように一人一人の顔をさっと見回した。

「わたし、ですか？」

アダムに助けを求めるかのように、フローラは尋ねた。

「ああ、そうだ。サミュエルを操り、君を襲わせたというのも理由の一つだが。今回のジェシカ様の縁談については、上でも意見が分かれていてな。恐らくだが、反対派にとって、ジェシカ様の護衛についている君が邪魔だと思われているようだ」

「そうであれば、エセラも危険なのでは？」

「いや。エセラよりも君のほうが危ない。エセラはただの近衛騎士だが、君は近衛騎士でありながら魔法騎士だ。騎士団に所属する騎士の中でも特殊なんだよ」

「ところで、エセラは大丈夫なのですか？」

心配ない、とアダムは鷹揚に頷いた。

「彼女のほうは何も起こっていないし、念のため、魔導士団から人を借りて様子を探らせている」

その言葉にフローラは安堵する。

「エセラもフローラも、アリハンスから戻ってきたばかりであるため、休暇を与える予定ではあったのだが……逆にこちらに出てきてもらったほうが安全かもしれないな」

「でしたら、フローラは私と一緒にいれば問題ないでしょう」

そこでクリスが口を挟んだため、彼に視線が集まった。

「何か問題でも？」

「いや、問題はない……はずだが」

動じつつも許可を出そうとしているのはノルトだ。

「ああ、それはいい考えだ」

国王が顔をほころばせて同意する。

「クリスが一緒であれば、今回のようなことが起こってもすぐに気づくだろうし、対処もできる。それよりも何よりも、君たち二人が一緒にいることはこの国にとっても喜ばしいことだ」

「そうです。陛下にはご報告したいことがあったのです」

今までの重苦しい空気をぶち壊すかのように、クリスの声は弾んでいた。

「近々、私とフローラは結婚しようと思っているのですが、よろしいですよね？」

その言葉に誰よりも動揺したのはフローラだ。なぜこの場でわざわざそれを話題にする必要があるのか。

アダムは苦虫を嚙(か)みつぶしたような難しい表情をしているし、ブレナンは朗(ほが)らかに笑っている。

ノルトはニヤニヤとしており、宰相は満足げに頷いている。

「そうかそうか。それはめでたいな。つまり施策がうまくいったという証明にもなる。君たちの結婚の件については、会議で報告しても問題ないだろうか」

　国王の明るい声が響く。

「はい、どうぞ。徹底的に周知させてください。私たちの関係に他の男の入る余地などないようにお願いします。それから、フローラと出会う機会を作ってくださったことには、感謝申し上げます」

　先ほどまでの重々しい空気はあっという間に軽くなってしまった。

「では、私からの話は以上です。彼女と一緒に帰っても問題はないですね？」

　許可が出る前にクリスは立ち上がる。

　言いたいことを言い、それが終われば撤退する。それがクリスという男ではあるのだが、やはりフローラは焦ってしまう。クリスのこういうところは改めてほしい。

「ああ、問題はない。君たちが幸せになること。それがこの国にとっての利益にもなるからな」

　国王が許してしまったため、クリスは堂々とフローラに手を伸ばした。もちろんこれは「帰りますよ」という意味が込められている。

「失礼します」

　フローラはきちっと頭を下げてクリスの手をとった。

第六章　九十五パーセントの罠

休暇を与えられたフローラだが、クリスと共に過ごすこととなった。昼間は魔導棟にあるクリスの研究室で過ごし、夜はフローラの自宅に二人で帰る。

彼と四六時中、一緒にいて、一つだけわかったことがある。基本的にクリスは、魔導棟内の研究室で寝泊まりをしていた。休みの日に屋敷に戻るようになったのは、フローラと付き合いを始めてからのようだ。

そういえば、フローラはクリスの仕事の様子などは何も知らない。だからこうやって知らない彼を知るのは新しい発見であって面白い。

クリスは魔導士団の中でも研究職を専門としているため、わりと自由が利き、やることさえ期日までにやってしまえば、それ以外はうるさく言われないとのこと。それが彼らしいといえば彼らしいし、周囲の人間もクリスの扱い方をわかっているのだろう。

半年前には魔導棟内で生活をしていたクリスだが、夕刻の鐘が鳴ればフローラと共に帰路につく。そして二人でフローラの自宅で過ごし、また朝になれば一緒に魔導棟へと向かう。

そんなふうに過ごすようになって、クリスは結婚について何度も口にした。

もちろんそれはフローラがアリハンスに行く前にも言われたことで、ほんの数日前にも国王たちの前で宣言されたばかりだ。

遅かれ早かれこの話題に触れ、真剣に話を進めていかなければと思っていたところではあるのだが。

「できれば、あなたのお父様にご挨拶に伺いたいのですが」

フローラの休みも残すところ一日となり、夕食を終えのんびりとくつろいでいたときに、クリスがそんなことを言い出した。

「あ、はい。そうですね」

結婚となれば、二人だけの問題ではない。当然フローラがローダー家に嫁ぐという形になるのだから。

「実は、わたしもこちらに来てから一度も実家には戻っていなくて。父とはここ三年以上、連絡を取り合っていないのです」

父親のような騎士になりたいと思っていたフローラだが、家を出て学園に入学してからは一度も帰っていない。帰郷するにしてもそれなりの時間を要するため、気軽に帰りますとも言えないからだ。

それでも学生の頃は年に一度くらいは手紙を書いていたが、父親からの返事が届くことはなかったし、学園を卒業しジェシカ付きの騎士となってからは、何を連絡したらいいかもわからず、手紙を書くことからも遠ざかってしまった。

もしかして、父親から嫌われているのかもしれないと、こちらに来てからそう考えるようになってしまったのも原因の一つだ。なぜそんなふうに思ってしまったのか、理由はよくわからない。

「結婚はあなたと私だけの問題ではないでしょう？　まずはフローラのお父様にご挨拶をして、その後、私の父親にも会っていただけないでしょうか」

クリスの口から父親という言葉が出てきたのが意外だった。

「どうかしましたか？　何か驚くようなことでも？」

「いえ……その、クリス……にもお父様がいらしたんだなと思いまして」

「ええ。一応、私も人の子ですから」

クリスがそっと肩を抱き寄せた。

「では、私の子が本当に人の子になるか、確認しましょうか？」

そのままフローラに軽く口づけ、すぐに解放した。彼にしては珍しい。

「まだ話の途中ですからね。今は、我慢します」

彼の笑顔は不気味だった。特に強調された『今は』というのが気になる。

毎夜、二人で同じ寝台で眠っているわけだから、自然とそういう流れになってしまう。休暇中だから問題ないでしょう、と彼はささやき、フローラの身体を暴くのだ。

休暇といっても休養にはならないくらい、クリスによって抱き潰されている。

そのため、昼間はクリスの部屋でいつもうつらうつらとうたた寝ばかりしていた。夢なのか現実なのかがわからなくなるほど。

「あの、クリス……」

そしてクリスの名の呼び方にも、やっと変化が現れた。それはクリスが「結婚するというのに、夫に向かって様はおかしいのではないですか？」と真顔で言い出したためである。

出会った頃は恐れ多いと思っていた相手だが、さすがに半年近くも付き合っていればそういった気持ちも薄れてくる。気持ちに変化があったにもかかわらず、ずっと「クリス様」と呼んでいたのは、慣れによるもの。

「わたしたちの結婚は、ジェシカ様がアリハンスに嫁がれることが決まってからでもよろしいでしょうか？」

フローラが上目遣いで問いかけると、彼の眉がピクリと動いた。その視線はフローラには向かわず宙を見据える。

「まったくあの王女は。いったいいつまで私たちの邪魔をすれば気がすむのでしょうね」

相変わらずの物言いだ。

「王女がこちらにいるうちは、私たちが結婚したとしても、ことごとく邪魔をされるのが目に見えています。ですから結婚するのであれば、王女が向こうに行ってからのほうがいいですね。何か問題でも？」

「いえ、ありがとうございます」

「私は本当のことを言っただけですが？」

クリスが抱き寄せる手に力を込めてきて、さらに身体を密着させる。

「それに、何も結婚しなくても、こうやってあなたと共に時間を過ごすことはできますからね」

目を細くしたクリスは、確実にフローラを狙っている。それがわかっていながらも彼を受け入れてしまうのだ。

「んっ……」

口を塞がれた。こうなってしまったら、クリスを止めることなどできない。もちろんフローラ自身も無意識のうちに身体が火照り始める。

クリスが口腔内を犯しながら、フローラの衣類を剝ぎ取っていく。その手つきは慣れたものだ。

真っ正面から視線が合うと、彼の目は獲物を見つけた肉食獣のようにギラギラと輝いていた。

「フローラ、私の上に乗ってください」

腰を摑まれ、ふわりとフローラの身体が浮いた。上着はその辺に放り投げられ、ブラウスは下二つの釦だけが残っている。

「足は広げて……」

クリスと向かい合う形で腰を下ろす羽目になったフローラだが、広げた足は彼の身体を挟む形になってしまう。

「こうやってあなたと向かい合うのも、悪くはないですね」

腰を浮かして。足は曲げて。

そう言いながら、クリスはスカートの下から下着だけをするりと脱がした。

「あっ……」

下から忍び込んだクリスの指が、亀裂をなぞるようにゆっくりと触れてくる。それだけで内側からはとろりと淫（みだ）らな蜜が滲（にじ）み出てきて、そのまま彼の指は蜜を絡めとり、敏感な陰核にこすりつけた。

「見えなくても、あなたのことならわかりますよ」

「いやっ……」

フローラがクリスの首に両手を回しその身体を預けようとすれば、屹立（きつりつ）した熱い男根がぬちっぬちっといやらしい音を立てて膣穴の入り口を擦（こす）り始めた。熱い吐息が漏れる。

「フローラ、少し腰をあげて……」

その言葉に従い、膝をついて腰を浮かしただけで、狙ったかのように確実に彼が攻め入ってきた。

「ゆっくりと腰を下ろして……そう、上手ですね……」

彼の言葉に誘われるように、フローラはゆっくりと腰を沈めていく。

「足は伸ばしましょうかね。これでは、奥まであなたに入れない」

クリスの手が曲げた膝を伸ばすようにと誘導してくる。

「あぁっ……」

身体を支えるものがなくなったから、自重によって身体が沈んだ。

「いつもとは違う角度であなたに入っていますね」

耳元でささやいたクリスがそのまま耳朶に舌を這わせ、自由になっている手で胸をまさぐり始める。両手で形が変わるくらいにぎゅっと押しつぶし、その柔らかさを堪能したかと思えば、硬くなった先端に指を這わせてピンと弾く。

「んっ……あ、あぁ……」

刺激から逃げるように身体をねじると、埋もれている肉棒が違う角度で擦れる。

「フローラ。あまり動かないでください」

「も、むり……」

一番気持ちいい場所にクリスがいて、それを搾り取るかのように媚肉にぎゅっと力を込め、フローラは達した。

そのままクリスがフローラの腰に手を添え、身体を上下に揺さぶり始める。

「いやっ……いま、イってるの……」

「残念ながら、私はまだイっていませんので」

ソファーに座ったままのクリスだが、少しだけ腰を浮かし抽挿を始める。不安定な格好になってしまったフローラは、彼の首にすがるしかない。

　クリスが動くたびに、襞肉はいやらしくうねって男根に絡みつく。

「あっ……あっ……」

　クリスの動きは激しくなり、感じる箇所を擦られ奥をたくさん穿たれ、悦楽の波が襲いかかってくる。

「はっ……あ、んんっ……」

　身体の内側から快感が駆け上がってきて、身体の隅々まで伝わっていく。背中を仰け反らせ、襞肉を震わせた。

「うっ……」

　端整なクリスの顔が瞬間的に歪み、彼もまた昂った熱をフローラに放つ。

　ドクンドクンと膣で脈打つ肉棒から放たれる子種を奥に擦りつけるかのように、クリスはさらに腰を押しつけてきた。

　そのまま二人できつく抱き合い、幾度となく熱を分け合った。


　クリスが王城に向かう時間に合わせて、フローラも一緒に自宅を出る。向かう先はもちろん魔導棟にある彼の研究室。

「動きたくない」

フローラの意見は却下され、今も重い身体を引きずるようにして歩いていた。

それもこれも何事もなかったかのように隣を飄々(ひょうひょう)と歩いているクリスのせいである。じとっと彼に視線を向けると目が合った。

「どうかしましたか?」

「いいえ、クリスはお元気そうで何よりですと、そう思っただけです」

ふん、と彼から視線を逸(そ)らして、通路を歩く。

「もしかして、怒っていますか?」

「もしかしなくても、怒っています」

そこでクリスの研究室に着いた。鍵を開け、二人は中に入る。

フローラはいつもの長椅子に倒れ込むようにして横になった。

その様子を見ていたクリスは、隣の部屋から毛布を持ってきてフローラにふわりとかけた。

「あなたに無理をさせるつもりはなかったんですよ。ただ、あなたの中が気持ちよくてつい……」

「昨日の件は許します。ですが、明日からわたしは仕事に戻りますので。仕事の前の日はそういった行為は禁止です」

「では、今日はあなたは抱けないと?」

「そういうことです」

そこでフローラは頭からすっぽりと毛布をかぶった。ぬくもりが眠気を誘ってくる。

クリスが机に向かって何やら調べものをしている気配は伝わってきた。紙をさばく音、ペンを走らせる音。それがフローラの耳にも届く。

彼は闇魔法の使い手を探しているようだ。サミュエルを操り、外務大臣の名を騙って偽の書簡を送った人物。

ノルトが調べたところ、外務大臣本人にも闇魔法がかけられていた可能性もあるとのこと。そもそも彼がアリハンスからの大事な連絡を「忙しいから」という理由で失念するわけがない。

調査をすすめるにつれ、闇魔法に狙われていたのは外務大臣と教育担当大臣だったようだ。本人の意思に反する発言、彼らの名を騙る偽の書類など。

いつからそのようなことになっていたのか。それらをノルトは突き止めようとしたようだが、二人とも少しも記憶がなく、どれが自分の意思でどれが操られたものなのかもわからないような状態であった。

そのほかにも数人、記憶や発言が操られた形跡があった。

その中でももっとも症状が酷いのがサミュエルだった。

彼は今、治癒院で身体を休めている。会いにいっていいものかどうか、フローラは悩んでいた。

サミュエルのことは心配だ。別れたときも、後腐れなく考え方の不一致という理由でお互いに納得したはず。いつから彼は、闇魔法によって操られていたのだろう。

「フローラ」

「んっ」

名前を呼ばれ、フローラは無意識のうちに返事をした。

「不本意ながら、私は会議に出席しなければなりません。あなたから離れたくないというのに……。ですから、決してこの部屋から出ないようにお願いします」

「んっ……」

途切れそうになる意識の中、なんとか生返事をする。

彼が部屋から出ていった気配は感じたものの、フローラはうつらうつらと浅い眠りと目覚めを繰り返していた。


――コンコンコンコン……コンコンコンコン……コンコンコンコン……。

浅い意識から浮上させるような物音。無視を決め込もうと思ったのに、一度気になり出すと気になって仕方ない。

コンコンコンコン……コンコンコンコン……コンコンコンコン……。

規則的に打ち付けるその物音は、扉を叩く音だ。

「……さん、フローラさん、フローラさん」

女性の声がフローラを呼んでいる。

ぱっと毛布を撥ねのけ、フローラは長椅子から身体を起こした。

「フローラさん。こちらにいらっしゃるとお聞きしたのですが」

「はい……」

扉を開けずに、フローラは答える。

「フローラさん。私、ナッティです。ジェシカ様付きの……」

扉の向こうにいるのはジェシカ付きの侍女、ナッティのようだ。彼女はアリハンスにも同行した侍女である。

「あの、ジェシカ様のお姿が見えなくて。それで今、みんなで探しているところなのです」

ナッティの言葉に、フローラの鼓動は大きく跳ねた。そろりと扉を開けると、動きやすいドレスに身を包みながらも暗い表情のナッティが立っていた。

「ナッティ……ジェシカ様の姿が見えないというのは？　今日の護衛は誰がついていたの？」

フローラの頭の中ではいろんな考えが浮かんでは消えていくものの、心の中はどす黒い不安な気持ちで押しつぶされそうになっていた。

それはもちろん、先日のサミュエルの件があったばかりだからだ。闇魔法の使い手もわかっていない。だけど、確実に近くに存在している。

「あ、はい。申し訳ありません。ジェシカ様もいろいろと思うところがあったらしく、一人になりたいとおっしゃられたようで、護衛を払われてしまったのです」

だからといってジェシカから目を離すなど言語道断。そういうときは少し離れた場所で彼女を見守らなければならない。

だが、今日の護衛担当を責めるのもお門違いというもの。フローラは休暇中の身なのだから。

「ジェシカ様のことですから。もしかしたらフローラさんに会いに行っているのではないかと思いまして……」

それでナッティがここに来たのだろう。

「ナッティ。わたしもジェシカ様を探します」

「ありがとうございます」

ナッティは今にも泣き出しそうな顔をしていた。

フローラも心の中では泣きたい。だがそうもいかない。

ジェシカの身に何かあったらという気持ちが少しずつ膨らみ始めている。これが破裂する前に、ジェシカを見つけ出したい。

「えっと、ナッティ。ジェシカ様が行かれるような場所は探したの？」

「あ、はい。図書室や温室などは他の方が探されています」

「そう。となれば、あとはどこかしら」

ジェシカが好んで足を向けそうな場所はその二つくらいだ。そもそも自由に動き回れるような身分でもない。まさか、この敷地から出ていってしまったということはないだろうか。

フローラがそれを尋ねると、ナッティは首を横に振る。

「そこまではできないと思うのですが……」

「わかったわ。でも闇雲に探しても埒が明かないわね。どこか他にジェシカ様が行きそうな場所に心当たりはないかしら？」

「ええと、そうですね。ジェシカ様、最近は地下の宝物庫にも興味を持たれたようで……」

「宝物庫？」

なぜそのような場所に興味を持ったのかさっぱりわからない。フローラの前では、宝物庫の話題などいっさい出なかった。

逆にそういった場所であれば、身を隠すにはもってこいの場所だ。

「念のため、確認したほうがいいわね」

二人は地下にある宝物庫に向かって歩き始めた。

魔導棟を出て王城内へ。エントランスを抜け、奥へと続く細い通路を右に曲がれば地下に下りる階段がある。

宝物庫には二つの部屋があり、本物の宝物が置いてあり厳重に物が保管されている宝物庫と、ガラクタのようなものが置いてある偽物の宝物庫だ。

この偽物の宝物庫は第一宝物庫とも呼ばれ、盗まれてもいいような見た目だけは高級そうな宝石類に見えるものを置いている。

第一宝物庫の隣には冷牢と呼ばれる賊を閉じ込める部屋まであるから、偽物の宝物庫の存在意義がよくわかる。

本来なら厳重に鍵がかけられ、宝物庫へと繋がる地下の階段の入り口が、ほんの少し開いていた。

「やっぱり?」

フローラはナッティと顔を見合わせる。

ジェシカはこの階段を下りていったのだろうか。

先に進むにつれ薄暗くなる階段を、燭台を片手にゆっくりと下りていく。

なぜか第一宝物庫の扉がほんの少し開いていた。

「ジェシカ様」

フローラは声をかけながら、第一宝物庫の中へと入る。続いてナッティも歩を進める。

「ジェシカ様」

人がいる気配はするのに、返事はない。

「あの、フローラさん。何か、物音が聞こえませんか?」

ナッティに言われ、フローラも耳を澄ます。

ドンドン、ドンドン――。

何かを叩き暴れている音がする。さらに人の呻き声のようなものまでも。

「もしかして、冷牢のほうかしら?」

フローラは第一宝物庫の隣の冷牢へと爪先を向けた。こちらにも鍵はかかっていない。音が聞こえるのは、その部屋のずっと奥だ。

ゆっくりと冷牢に入り、室内を大きく見渡して確認すれば、奥の隅っこのほうに両手両足を縛られ、猿ぐつわまで噛(か)まされているジェシカの姿がぼんやりと確認できた。

「ジェシカ様」

フローラが守るべき主人の名を呼んだとき、冷牢の扉は重々しい音を立てて閉じられた。

◆

資料を見ながらノルトの話を黙って聞いていたクリスが、ふと視線をあげる。

「どうした、クリス」

クリスの異変を感じ取ったノルトが尋ねた。

「妻が……捕らわれた……」

クリスが呟く。

「は？　副団長、結婚したんですか？」

「え？　相手は二次元？」

「っていうか、妄想の中で？」

部下たちの冷たい声が響く。

「おい、クリス。まだ妻ではないだろう？　恋人？　いや、婚約者か？」

ノルトの言葉に、クリスは小さく舌打ちした。

特にクリスに向かって二次元と発言した茶髪の男性魔導士は、生き埋めにしてやりたいくらいだ。

だが貴重な光魔法の使い手なだけにそれもできない。

「仕方ありません。婚約者で妥協します」

「っていうか、相手は二次元？」

茶髪魔導士がうるさい。

「え？　恋人？　婚約者？　ああ、だから副団長の魔力は安定していらっしゃるのですね？」

もう一人の光魔法の使い手は女性である。深緑の髪を一本の三つ編みにまとめているのが特徴的だ。彼女も特級魔導士なだけあってなかなか鋭い。

クリスは激しく音を立てて席を立った。フローラが捕らわれた今、助けに行かねばならない。

そこで、会議室の扉が乱暴に開かれた。

「ジェシカ様がいなくなられた」

その言葉と同時に姿を現したのは、騎士団長のアダムだ。

クリスは片眉をあげて、こう告げた。

「恐らく、フローラも」

「え？　フローラって副団長の婚約者ですか？」

「もしかしての二次元？」

「いいから、おまえたちは黙ってろ」

埒が明かないと思ったのか、ノルトが部下たちに向かって一喝する。

「あの王女が姿を消し、フローラが捕らわれたとなると……」

クリスの言葉にノルトは唸った。

「やはり、闇魔法の件か……アダム、俺たちも協力する。手分けしてジェシカ様を探そう」

「すまない」と口にするアダムだが、クリスだけはふむと頷いた。

「では、私はフローラを探します。彼女の魔力を探れば、恐らくそこにあの王女もいることでしょう」

「クリス。おまえ、そんなことできるのか？」

今のクリスの発言には、ノルトでさえも驚きを隠せない様子。

何よりも魔力の種類を探ることはできるが、その魔力が誰のものであるかを判断するのは難しい。むしろ、できないに等しい。

「ええ。なんのために毎日毎日、彼女に私を注ぎ込んでいると思っているのですか」

ビシっと空気が固まった。

アダムは相変わらず顔をしかめている。

「え、副団長って実はぜ……」

その続きを言おうとしたところで、ノルトが茶髪魔導士の口を無理矢理手で塞いだ。

「まあ、いい。クリスはフローラ嬢を探れ。アダム、騎士団にはジェシカ様を任せる。俺たちは闇魔法の使い手を探す」

クリスがフローラを捜し、騎士団がフローラを捜すなら、不本意ながらもここは協力するという形になる。

「では、参りましょうか」

アダムに向かって声をかければ、じろりと睨まれてしまった。もちろんクリスは気にしない。

「恐らく、こちらに」

クリスがフローラが捕らわれたと判断したのは、彼女から感じる魔力の場所が変わったからだ。

それでも、完全に場所を特定することはできない。何かが彼女の魔力を阻害している。だから今、クリスは彼女が残した魔力を追う形をとっていた。

地下へと通ずる階段の扉まで来たとき、その魔力の残りすら感じられなくなってしまった。

「地下、か？」

アダムの問いに「恐らく」とクリスは答える。

「ですが、これ以上、フローラの魔力を追うことができません」

クリスの魔力をもってすら検知できないとなれば、それは相手の力のせいなのか。それとも彼女がいる場所が問題なのか。

「魔力を探ることのできない場所で、さらにそれが地下にあるということは、思い当たる場所が一つしかないのですが」

クリスの言葉にアダムが低く呻く。

「冷牢か……」

◆

ピチャン、ピチャン――。

どこかで水の滴る音がする。

真っ暗な闇の中で、次第に目が慣れてきた。すべてを把握するのは難しいものの、なんとなくジェシカの気配を感じ取った。

「ジェシカ様」

フローラが声をかけると、「んーんー」と声にならないくぐもった声が聞こえた。

閉じ込められる前に確認できた姿からもわかるように、彼女は言葉を封じられている。ぼんやりと認識できるジェシカに近づき、彼女を拘束する縄と猿ぐつわを解いた。

「フローラ」

自由になったジェシカはフローラに抱きついてきた。フローラも震える彼女を受け止め、そっと優しく背を撫でる。

「ジェシカ様。なぜこのような場所に？」

フローラが尋ねれば、ジェシカの身体の震えが止まった。

「そんなの、あの女のせいに決まってるでしょ」

「あの女？」

「ナッティよ」

「ナッティが？」

ジェシカの口から意外な人物の名が飛び出してきた。しかし、フローラをここにおびき寄せ、こうやって閉じ込めたのもナッティだ。

「ねえ、フローラ。ここって冷牢でしょ？」

「ええ、そうですね」

「早くここから出ないと」

「誰かが助けに来てくださいますよ」

「ねえ、フローラ。もしかしてあなた、冷牢をよくわかってないんじゃないの？」

ジェシカの言葉にフローラは首を傾げる。冷牢とはただの牢ではないのだろうか。

「冷牢って冷たい牢っていう意味よ。だからね、ここには冷たいものがあるのよ」

「冷たいもの？　冷たい風とかですか？」

「違うわよ、ほら。さっきから水の流れる音が聞こえるでしょう？　本当に嫌になっちゃう。私たちが気づくまで、その量を制御していたとしか思えないわ。ほら」

ジェシカがその場で足踏みをすると、バシャバシャと水を弾く音がした。

「冷牢って盗賊とかを閉じ込める部屋だから。こうやって水責めで意識を失わせて、そして証言をとるっていうか。まあ、そういう部屋よね。意識を失うだけだったらいいけど、誰にも見つけてもらえなかったら死んじゃうわよね」

ピチャリピチャリと聞こえていた水滴の音が、ポタポタ……ザーザー……と変わるまでにそう時間はかからなかった。

「ほらね。あっという間に水かさが増えてきた。私たちの様子をどこかから見ているみたいにね」

先ほどまでは靴底を濡らすだけの水だったのに、いつの間にか水はくるぶしまで浸かっている。

「ジェシカ様。とりあえず高いところへ」

「何もないわよ、ここ」

「ですが、少しでも高いところに」

「その気持ちもわからないでもないけど、ま、無理ね」

フローラは出入り口の扉に近づいてみた。鉄製の扉だ。もちろんびくともしない。

扉が開かないのであれば、注ぎ込まれる水を止めればいいのではないかという考えにいきついた。

今度は水音のする場所へと近づく。

この水を凍らせてしまえばいい。水を氷に変える魔法を使おうとしてみたものの、不思議なことになんの魔力も生まれてこなかった。

「え？」

ジェシカはフローラがやろうとしていることに気づいたようだ。

「フローラ。あなた、冷牢について本当に何も知らないのね。ここでは魔力も無効化されるわよ。だって、悪者を閉じ込めておく部屋なんですもの。魔法で逃げられたら困るでしょ？」

表情はよく見えないけれど、ジェシカの声はわざとらしいくらいに明るかった。

「さて、と。助けに来るのが早いか、私たちが溺れ死にするほうが早いか。どちらにしてもまだまだ時間はかかりそうね。ねぇ、フローラ。私の話し相手になってくださらない？」

これはいつも暇をもてあますジェシカがよく口にする言葉だ。

「私、来月にはアリハンスに行くことが決まりそうなの。アルカンドレ王子との話が前向きに決まりそうで。それであなたとクリスの話をね、もっと聞いておきたいの」

クリス――。

その名を耳にしただけで、フローラの心はズキリと痛んだ。

彼は自分がいなくなったことに気づいてくれるだろうか。

クリスはあの部屋から出てはいけないと言っていた。その約束を破ってしまった。勝手にいなくなってしまったことを咎めるだろうか。

それよりも彼と離ればなれになってしまうことが怖かった。

フローラに居場所を与えてくれた彼。クリスと別れるという選択肢などいらない。

「そうですね。それよりもジェシカ様。少し身体が冷えてきたのではありませんか？　できるだけ近くにいたほうがいいですね」

フローラは手を伸ばしてジェシカを抱き寄せた。

やっと成人を迎えた王女。フローラの任務はジェシカを守ることだ。己の身に何が起こったとしても、ジェシカだけは絶対に守り通す。

水かさはゆっくりと増してくる。膝が隠れ、腰を覆い、胸元にまで。せめてジェシカだけはと思い、彼女を抱き上げる。

水はフローラの口から呼吸を奪った。息を止め、それでもジェシカだけは助けなければならないという使命感の中、意識が途切れた。


――ジェシカ様は？

――こちらにいらしたぞ。

――おい、フローラ。

この声はブレナンだ。

——おまえたちはジェシカ様をお連れしろ。まだ意識がある。

アダムの指示が飛ぶ。それに従う騎士たちの足音が飛び交っている。

——フローラは？

この声はクリスだ。今すぐにでも抱きしめてほしい。

——少し、水を飲んだようだな。

クリスの気配を感じる。顎に手を添えられ、上向きにされた。それから身体を横にされると、口元からこぽっと水がこぼれた。

「ゲホッ……」

激しく咳き込むと同時に、意識がはっきりする。

「フローラ。わかりますか？」

「え、と……クリス？」

「フローラ、気がついたか？」

「ブレナンさん？　え？　ジェシカ様は？」

「ジェシカ様なら無事だ。君のおかげだな」

フローラがゆっくりと身体を起こそうとすると、クリスが背中を支えてくれた。激しく咳き込んでから、ゆっくりと呼吸を整える。そこで一つ、くしゃみをした。身につけている衣類はすっかり濡れている。

クリスは自分のローブを脱ぎ、フローラの肩にかけた。

「濡れた服を脱いでくださいと言いたいところですが。さすがにここでは」

それは彼なりの冗談なのか本気なのかがわからない。

「フローラ、歩けますか？」

「あ、はい」

クリスのローブを胸の前でしっかりと合わせて立ち上がった。

「クリス殿。フローラを頼む。私は、この冷牢を確認してから戻ろう」

それがブレナンなりの気の遣い方なのだ。

フローラが歩くたびに、ポタリポタリと水滴が落ちる。そのままクリスの部屋へと連れていかれた。

「クリス……」

彼から渡されたタオルを受け取りながら、フローラは愛する人の名を口にする。タオルで顔を覆うと、次から次へと涙が溢れてくる。

伝えたいこと、言いたいことはたくさんあるのに、涙が邪魔をして言葉にならない。

「ごめんなさい……」

その言葉を絞り出すことしかできなかった。何に対する謝罪なのか、フローラ本人もわからなかった。

フローラはクリスの部屋に備え付けてある浴室を借りた。彼がここで寝泊まりしていただけあって、必要最小限の設備が備わっている。

しかし浴室を借りたまではよかった。着替えがないのが大問題である。とりあえず毛布を手渡され、それに包まっていた。

「さすがにそのままの格好では報告もできませんので、すぐに服を乾かしましょうね」

クリスが風魔法を使って、フローラの濡れた衣類一式を乾かしてしまった。風魔法にはこのような使い方もあるのだなと、フローラも感心してしまう。

「私としては、あなたにはそのままの姿でいてほしいところですが」

そう言ってクリスは、乾いた衣類を手渡してきた。フローラが手早く着替えている間、クリスはあたたかいお茶を準備していた。

「少し落ち着いたら行きましょう」

フローラはカップを両手で包み込んだ。コクリと一口飲むと、温かな液体が身体に満ちて、震える心すら落ち着けてくれる。

「それで、あなたたちをあそこに閉じ込めたのはどなたですか？」

ジェシカがさらわれたのだ。それもよりによって冷牢に閉じ込められ、水まで注がれた。明らかに悪意を感じる。いや、殺意だ。

「ナッティです。ジェシカ様付きの侍女、ナッティ・イオール」

「イオール……その名を知っています。古い侯爵家ですね。闇魔法の使い手の家系図を探っていたときに目にしました。なるほど、どうやら覚醒のようですね」

「覚醒？」

フローラはぱちぱちを目を瞬いた。まだ、頭がぼんやりしているところもある。

「ええ、今まで魔力のなかった者が、何かのきっかけでその魔力を目覚めさせてしまう。あなたの場合は意図的に封じ込められていたため、覚醒には該当しません。覚醒は、今まで魔力のなかった者が、突然、それを手にしてしまうこと。何代か前に魔力の持ち主がいた場合、極稀に起こるのです。昔は、魔導士は魔導士同士の婚姻が普通でしたが、今は、いろんな血が混ざるようになりましたからね」

「でも、仮にナッティがそうだったとしても、ジェシカ様やわたしが狙われる理由がわかりません」

「それは、本人に聞くしかありませんね」

クリスがニコリともせずにそう言った。フローラはもう一口、お茶を飲む。

「それを飲み終えたら、行きましょう。あなたからの話を待っている人がいるのですよ」

ふふっと笑うクリスが少し恐ろしくも見えた。

フローラが最後の一口を飲み終えると、それを見計らったかのようにクリスが立ち上がった。

「急がせて申し訳ないですね。このままではお昼ご飯を食べ損ねてしまいそうです。そうなったら、午後からの仕事は免除してもらいましょう」

すでに十二時を過ぎている。朝ご飯も満足に食べていないフローラはとてもお腹(なか)が空いていた。

「お腹が空きすぎて、お腹が鳴るかもしれません」

フローラが口にするとクリスは微笑(ほほえ)んだ。

「わかりました。先に食事にしましょう。あの人たちは待たせておけばいい」

クリスがベルを鳴らすと事務官がやってきた。その事務官にクリスは何かを言付ける。それからすぐに軽食が運ばれてきた。ふかふかの白いパンにスープとサラダだが、今のフローラにはこれでじゅうぶんだった。

小腹が満たされたところで、部屋を出た。

連れていかれた先は、貴賓室だ。今日も錚々(そうそう)たるメンバーが顔を揃(そろ)えている。

「お待たせしてしまって申し訳ありません」

珍しくクリスがそう言葉を発した。のんびりと食事をしていたのはフローラだというのに。

「いや、気にするな。それよりもフローラ嬢。身体のほうは問題ないか？」

国王の言葉に首肯する。そして促(うなが)された長椅子に腰を下ろした。

「団長。闇魔法の使い手は捕まえたのですよね？」

クリスがノルトに向かって声をかけた。

「ああ、捕まえた。あいつらには感謝だな」

「それで、犯人はナッティ・イオールで間違いはないのですね？」

クリスが尋ねると、ノルトは苦笑を浮かべる。

「なんだ、気づいていたのか」

「フローラとあの王女をあそこに閉じ込めたのはナッティという侍女であると、フローラが証言しました。同じことを尋ねれば、王女も同じように答えると思いますが？」

それを聞いて顔を歪めているのはもちろん国王だ。王女付きの侍女が犯人であるとは、王城内の警備体制の緩さを露呈（ろてい）しているようなもの。

「ですが、ナッティは昔からジェシカ様付きの侍女だったはずですが」

少なくとも、フローラがジェシカの護衛として任命されたときには、すでにナッティはジェシカに付いていた。

「ああ、だから油断した」

そう言ってアダムが頷いた。

「恐らく彼女は、覚醒型の魔導士です。何代か遡（さかのぼ）ると、闇魔法の使い手がいました」

クリスの発言に頷くのはノルトだ。

「あの、それでナッティはどうなるのでしょうか」

彼女がジェシカに行った仕打ちは許せるものではないが、それでもあのナッティがという信じられない気持ちが心の中にあった。

「それはこれから決める」

アダムが腕を組んで答える。

「恐らく処刑は免れないだろうな」

気持ちを言葉にしたいフローラだが、喉につかえて出てこない。

「彼女の闇魔法は危険だ。彼女がそれを備えているかぎり、自由にすることはできない」

ノルトがぼそりと言った。

「あの……ナッティに会うことはできますか？」

フローラの言葉にアダムは眉をひそめる。

「会ってどうするつもりだ」

「話を聞いてみようかと」

「それは担当の騎士が行っている。何もわざわざ君が話をする必要はない」

「ですが……」

そこまで言いかけてみたものの、なんのために話を聞きたいのかフローラ自身にもよくわからなかった。

ナッティの行為を認めたくないのか、それともそのような愚行に及んだ理由を知りたいのか。

「いや、アダム。フローラに事情を聞いてもらうのも一つの手だろう。相手は女性だ。男性が相手をしては、必要な情報も聞き出せないかもしれない」

ブレナンが言うと、説得力があるのが不思議だった。アダムも何やら考え込んでいる様子。

「では、私も一緒にいてもよろしいでしょうか？」

そこでクリスが名乗りを上げた。しかしブレナンはすぐに首を横に振る。

「フローラ一人のほうがいいだろう。他にも女性騎士を一人つける」

「では、隣の部屋で様子を見ているのは？」

「それなら問題ないだろう」

ブレナンがそう答えたものだから、アダムも渋々と承諾する形になった。

「では、ナッティの処分については、フローラが事情を確認してからの決定ということで問題ないな？」

アダムの言葉に、そこにいた一同は重々しく頷いた。


フローラとクリスはアダムに案内されて、ナッティを拘束している部屋へと向かった。

今は光魔法の使い手が彼女の力を拘束しているようだ。この拘束にも時間的制約があり、一日に何度もかけ直さないといけないらしい。

アダムは二人を案内すると、また先ほどの部屋へと戻っていく。彼らにはこれから決めるべきことがたくさんあるのだろう。上層部が慌ただしく動いている。

隣の拘束部屋よりも少し高い場所に位置している監視部屋にはナッティに拘束魔法をかけている光魔法の使い手である魔導士が二人いた。茶髪の男性魔導士と、三つ編みの女性魔導士だ。

他にも、今までナッティから話を聞き出そうとしていた騎士が数人いた。

「あ、副団長」

クリスに声をかけてきたのは三つ編みの女性魔導士だった。

「闇魔法はどうなっていますか？」

「使えないように術を施（ほどこ）しているのですが、私たちの力では一度につき一時間が限界です。彼と交代でかける必要があるのですが、私たちの魔力もいつまでもつかわかりません」

「なるほど。フローラ、話を聞くために時間はどのくらい必要ですか？」

クリスは隣に立つフローラに視線を向けた。

「まずは一時間から。ただ、彼女が黙秘することも考えられますので、そのときは一度引き上げます」

「へぇ、副団長のお相手ってこの方なんですね」

三つ編みの女性がフローラの顔をのぞき込んできた。

「副団長がこの方を見る顔、いつもと違いますもん。でも、あんまり魔力を感じませんね。それで副団長のお相手ができるとは、不思議なところですが」

じろじろと不躾（ぶしつけ）な視線にフローラもたじろいだ。

「それで、闇魔法から話を聞いてくれるわけですね。さっきまでいた騎士は、全然相手にされていませんでしたからね。あの闇魔法、何も話さなかったみたいでしたし」

どうやらブレナンの言葉は的を射ていたようだ。

この部屋には拘束部屋をのぞくための小窓がいくつかあって、そこから様子を見ることができる。

ナッティは、膝を抱えて座り込んでいる。

「ん？」

クリスが声をあげると、フローラは「どうしました？」と尋ねる。

「いえ。あの闇魔法の使い手ですが……どこかで見たことがあるような……あのくすんだ茶髪……ですが侍女ですからね。どこかですれ違ったのかもしれないですね」

「ではクリス。わたしはそろそろ行きますね」

フローラは同僚の女性騎士と共に、ナッティが拘束されている部屋へと入った。

本来であれば地下牢に閉じ込めておくのだが、闇魔法の使い手である以上、そこに入れておくのは危険であると判断され、こうやって人の目が届く拘束部屋へと閉じ込められている。

隣の監視部屋からも彼女の姿が確認できるからだ。

「ナッティ」

フローラの声が静かに響く。

「ジェシカ様を閉じ込めて、殺そうとしたのはあなたね」

ナッティがピクリと反応を示す。顔をあげ、じっとフローラを見つめてきた。

「どうして、そのようなことを？」

「どうして？　それをあんたが聞くわけ？」

ナッティの顔つきが一変した。瞳をギラギラと輝かせ、やっと獲物を捕らえたぞと言わんばかりの表情だ。

「私のほうが聞きたいわ。どうしてあんたのような女がクリス様のお相手なわけ？　本当に邪魔なのよ、あんた」

そこでナッティはすっと立ち上がる。

「ねえ、なんであんたがクリス様と付き合ってるの？」

クリスが女性と交際しているというのは密(ひそ)かに噂(うわさ)になっていた。その相手を知っている者と、相手を知りたいと思う者と、それは彼の妄想じゃないのかと考える者と。

噂とは尾ひれがついて面白おかしく伝わっていく。だが、その噂の一部に真実が紛れていたりもするものだ。

それがナッティの耳にも届いたのだろう。

四肢を拘束されているわけでもないナッティは、フローラの胸ぐらを摑(つか)んだ。

「ねえ、知ってる？　クリス様のお相手をするには、私のように魔力がないと務まらないの。あなた、ただの騎士でしょ？　あなたのような人間がクリス様にふさわしいとは思えないのよ」

それでもフローラは顔色一つ変えない。

「家柄、容姿、能力。どれをとってもクリス様に釣り合うのは私しかいないはず。だけど私には魔力がなかった。だから調べたの。どうしたら魔力が備わるか。クリス様と釣り合うような魔力を手に入れるにはどうしたらいいのかって」

「くぅっ……」

フローラは苦しそうに顔を歪めた。何もされていないのに胸が締めつけられるのは、闇魔法によるものだろうか。

「よくよく調べたらね。私のご先祖様に闇魔法の使い手がいたの。だったら、私にもその力が備わっているのではないかしらって。調べて、願って……そうしたら、ほら。ご先祖様と同じように、私にも闇魔法が使えるようになったのよ」

そこでナッティはフローラを突き飛ばした。フローラはよろめきどさっと尻餅をついた。

ナッティは薄気味悪い笑みを浮かべながらフローラに近づき、足を踏みつけた。ここから逃がさないとでも言うように。

「闇魔法の使い手なんて貴重でしょ？　これならクリス様の相手にふさわしいと思わない？　あんたなんかよりもね」

ナッティからたわんだ色の魔力が放出されている。

女性魔導士が闇魔法を拘束していると言っていたが、それを破ろうとしているのだろうか。

「フローラ。闇には闇です」

「クリス」

「クリス様」

クリスがいつの間にかこちらの部屋に入ってきていた。

彼の姿を見つけたナッティは少し気を緩める。その隙にフローラは足に力を入れ、踏まれていた足を解放する。その反動でナッティがよろめいた。

すぐに立ち上がったフローラは、クリスに教えてもらった通りにその魔力を解放し、微細に闇の魔力の制御を始めた。

闇には闇。光あるところに生まれる闇。だから光でその闇を封じることはできない。

光によって一定の時間の拘束は可能だが、完全に闇の無効化はできない。

フローラの闇とナッティの闇。弱いほうが負けるだけ。

「なんで、あんたまで闇魔法を使えるのよ。あんた、ただの近衛(このえ)騎士でしょ」

近衛騎士でありながら魔法騎士。それは一部の人間にしか知らされていない。そもそも魔法騎士が近衛騎士隊に所属しているのが異例なのだ。

フローラはナッティの声に耳を貸さない。自分のやるべきことだけを考える。

後ろには同僚が控えているし、クリスもすぐ近くにいる。隣の部屋には魔導士たち。

この力を晒(さら)すようなことになってしまうが、今はそれを気にしている場合ではない。

フローラからも歪んで渦巻くような魔力が放出される。そしてナッティの力と衝突した。

バーン――。

フローラは怯（ひる）まない。

だがナッティは思いがけない衝撃に、一歩退（しりぞ）いた。もちろんその機会をフローラが見逃すはずもない。

色のない気がいくつも衝突し合う。その結果、先に膝を突いたのはナッティだった。

「フローラ。彼女の魔力を封じ込めるのです。あなたならできます」

魔力を封じ込める。それは聖人だからできる術。

――恐らく使うことはないとは思いますが、知っておいたほうがいいでしょう。

以前、数ある魔導書の中から、一番分厚そうなものをクリスから手渡された。それには聖人の力について事細かく記されていた。

特に魔力を封じ込める力は聖人にしか使えない。

身構えているフローラの額にも、うっすらと汗がにじみ始める。膝を突いているナッティは苦しそうに顔をひきつらせ、そして自分の胸を押さえる。

「う、うぅ……」

呻くように声を漏らしたナッティは、その場に倒れた。

その様子を見て、フローラは困ってしまった。

「とりあえず、どうしたらいいでしょう？」

「そうですね。彼女が目を覚ますまでは、このままにしておくしかありませんね」

クリスに連れられ、フローラは隣の監視部屋へと向かった。

「あ、副団長。お疲れさまでーす」

監視部屋では先ほどの魔導士が二人、椅子にもたれかかっていた。明るく声を発した男性魔導士だが、その顔には疲労の色が色濃く見える。

「ところで、副団長の彼女さんって何者？　二次元じゃないことだけはわかったんですけど」

フローラは意味がわからずクリスの顔を見やれば、彼は顔をしかめていた。

「あの女の魔力、完全に封じましたよね？」

クリスはそれには答えなかった。

「私は団長に報告をしてきます。君たちは少し休んでいなさい」

「はぁい」

フローラもクリスと共に部屋を出た。

「フローラ」

並んで歩いていると、クリスが前を見据えたまま声をかけてきた。

「あなたの力を誤魔化(ごまか)すことが難しくなってきました。あなたは今、あの女の闇魔法を完全に封じ込めた。あなた自身がそうされていたように」

「はい」

「そう指示したのは私ですが」

「はい」

そこで会話は途切れた。

先ほどまでいた貴賓室に戻ると、そこには代わり映えしない面々が顔を付き合わせていた。

フローラに視線を向けてきたのは、ノルトとブレナンだ。

「どうだった？」

アダムが状況を確認してきた。

「少し興奮されていたようでした」

フローラが答える。

「それで、必要な証言は得られたのか？」

フローラは首を横に振った。

「そうか」

アダムは腕を組み、表情を曇らせた。

「クリス」

重い声をあげたのはノルトだ。

「封じたな？」

「恐らく。彼女が目覚めないとわかりませんが」

「そうか。だが、この状況では隠しきれないぞ？　いいのか？」

「それを承知の上で、彼女に頼みました」

「そうか」

ノルトは深く頷いた。

「クリス。おまえはフローラ嬢を連れて戻れ。今日はもう休んでもいいぞ」

「ではお言葉に甘えて」

ここに来たばかりだというのに、座ることなく立ち去ろうとする。

フローラは今の会話だけで状況がわかるほど、現状を理解しきれていない。

「フローラ、戻りますよ」

「あ、はい」

クリスの声でフローラは我に返る。だけどそこに残された人たちの表情を見ると、不安が押し寄せてくる。

「甘いものが食べたいですね」

部屋を出たところで、クリスがふふっと笑った。

「そうですね。甘いお菓子が食べたいですね」

「では、あなたの家に向かいましょうかね」

フローラはクリスを見上げるが、彼は楽しそうに笑っているだけ。

「お菓子を食べるだけですからね」

フローラはしっかりと念を押した。

「あ、その前に。ジェシカ様の様子をうかがってきてもよろしいでしょうか？」

「どこまでもあの王女は、私たちの邪魔をするんですね」

それには答えず、フローラも微笑んだ。こうやって憎まれ口を叩いているクリスだが、ジェシカと会うことを反対しているわけではないからだ。


フローラがジェシカの私室に寄ると、彼女の部屋の前には同僚の騎士が立っていた。言葉を交わせば、ジェシカに確認してくれると言う。

「ジェシカ様もお会いしたいとのことです」

同僚騎士がフローラの後ろにいるクリスにじろりと視線を向けた。だがそれに気づかぬふりをして、クリスと共にジェシカの部屋へと入る。

「ジェシカ様」

ジェシカは寝台の上で身体を起こしていた。

「フローラ。来てくれたのね、ありがとう。あなたも大変な思いをしたのに……って、クリス？」

「ええ、王女様。我が妻がどうしてもあなた様にお会いしたいということでしたのでね。渋々ながら承知したまでです」

「相変わらずね、あなた。それにフローラはまだあなたの妻ではないでしょう？」

「いずれ妻になるのですから、問題ないのでは？」

「いずれの話よね。妻になる前に逃げられたらどうするのよ」

「そのようなことはあり得ないと思いますが？」

「自意識過剰な男って、これだから嫌なのよね」

そこでジェシカは肩をすくめた。

「あ、そうそうフローラ。あなた、クビ」

「え？」

唐突にジェシカからクビという言葉を突きつけられたフローラは、わけがわからない。

「だから、あなたは私の護衛として失格、クビ。辞めてちょうだい」

ジェシカが真顔で伝えてくる。

「理由をお聞きしても？」

「さっきも言ったでしょう？　私、来月にはアリハンスに行くことになりそうなの。そこにあなたは連れていけないわ」

「わたしは一緒に行くことができます。むしろ、そのつもりでいました」

「嫌よ。あなたを連れていったら、そこのクリスがもれなく付いてくるのでしょう？　それが嫌。

なんでアリハンスに行ってまで、この男の顔を見なくちゃいけないわけ？　だからフローラはクビ。さっさとクリスを連れて帰って」

「話のわかる王女様は好きですよ」

クリスの言葉に、ジェシカは「ふん」と顔を背ける。

「仕方ないから、新婚旅行でアリハンスに来ることだけは認めてあげるわ。いえ……仕方ないから、あなたたちの結婚式にも出てあげるわよ」

そう言葉にするジェシカは、顔を背けたままだ。

フローラからしてみれば、クリスとジェシカには似ているところがある。

素直ではない、ひねくれているところ。だけどそれを口にしてしまうと、お互いに否定し合いそうであるため、心の中だけでそう思うことにした。

「ジェシカ様がアリハンスに行かれるそのときまではお側にいても？」

「当たり前でしょ。それまでは私の騎士なんだからね。そこのクリスに孕まされて辞めることは許さないからね」

「大丈夫ですよ。あと一か月で授かったとしても、気がつきませんから」

クリスのその言い訳はわけがわからない。

「あ、フローラ。その、ナッティのことだけど」

ジェシカはフローラに顔を向けた。そこにクリスがいないかのように、フローラだけを見ている。

「何か、聞いてる？」

「いいえ、何も……」

「そう」

ジェシカは静かに目を伏せた。フローラからジェシカに言えることは、何もない。

「フローラ。もう、戻っていいわよ。さっさとクリスを連れて帰って。あれがいたんじゃ、ゆっくり休めないし」

「では、また来ますね」

「そのときは、クリスは置いてきてね。あ、あなた、今日で休暇は終わりよね。明日から、またよろしくね」

承知しました、とフローラは頭を下げた。

しかしクリスは微動だにしない。挙句（あげく）「さっさと行きなさいよ」とジェシカに虫でも払うかのようにしっしっと手を振られていた。

ジェシカの部屋を出た二人は、フローラの自宅へと向かう。

「あ、クリス」

途中でフローラはクリスに声をかけた。

「その、今朝（けさ）も言いましたが。今日は、そういった行為はなしですからね」

「ないんですか？　今からでしたら、明日の仕事には間に合うと思うのですが」

「なしです」

「あなたを助けるために、私もかなりの魔力を使ったのです。回復するためにはあなたの愛情が必要なのですが……」

少し寂しそうな表情を浮かべているクリスだが、これに流されてはいけないとフローラの心が言う。

「では、ゆっくり休んでください」

ぴしゃりとフローラが言い放った。

第七章　百パーセントの幸せ

その後、意識を取り戻したナッティだが、闇魔法の力を手に入れてからの記憶をすっかり失っていた。

最悪は処刑と言われていた彼女ではあるが、記憶を失っては必要な証言も得られない。危ういとされていた闇魔法の力すら失っている。そのため彼女を危険と判断する要素はなくなってしまった。

だからといって彼女の悪行の事実が消えるわけでもなく、当分の間、謹慎処置となったという。

ジェシカは正式にアリハンスに向かうことが決まったらしい。

アリハンスへ入国し、そこでしばらく教育を受けてから婚姻を結ぶ流れとなった。

そのため、彼女からクビを言い渡されたフローラなのだが、なぜかエセラがジェシカへついていくことに決まっていた。

理由をジェシカに尋ねてみたところ。

「エセラったら。あのとき、あっちの騎士といい関係になってたらしいのよ。まったく、信じられなくない？」

ジェシカの外交についていったエセラだが、その滞在中に向こうの騎士の一人と関係を深めていたらしい。そのため、エセラがジェシカについていくと名乗りをあげたようだ。

「というわけで、フローラ。あなたは今日でクビ。次の就職先を探しなさい。あ、決まってるか。永久就職っていうやつでしょ？」

ジェシカは楽しそうに笑っていた。

そんなジェシカの姿を見送った後、すぐさまアダムに呼び出された。次の配属の件だろう。

アダムの執務室に行くと、彼の他にノルトとブレナン、そしてクリスまで揃っていた。

そして、クリスの隣に座るように促されるのはいつものことだ。

「フローラ。ジェシカ様付きの騎士としてその任務を全うしてくれた。ここで、礼を言わせてもらう」

「はい」

「それで、君の次の配属先なのだが」

魔導士団長のノルトまでいるということは、もしかして魔導士団という話も出ているのだろうか。

フローラが聖人であることは、一か月前のあの事件で関係者には知られてしまった。それでも、その処遇に変わりがなかったのは何故だろうか。

「ブレナンのもとで魔法騎士として活躍してほしい。いまだに、国境では魔獣に襲われたという話が多いからな」

「え」

「何か、不満か？」

「いえ。その……あ、はい。頑張ります」

誰もフローラが聖人であることに触れてこない。今までと同じように扱ってくれる。まるでその事実がなかったかのように。

アダムはフローラの言葉を聞くと満足そうに頷いた。

「まあ。あれだ」

とノルトが割って入る。

「俺たちとしては、フローラ嬢をぜひとも魔導士団にと思っていた。だがな、君が魔導士としてこちら側に来ると、だ。この色ぼけクリスが仕事をしなくなるのでは、ということを懸念したわけだ。だったら、君たちを同じ職場に配属するのは危険だということになり、やはりフローラ嬢は騎士団所属のままのほうがいいという結論に至った」

クリスの上司は彼のことをよく理解している。

「私としては、四六時中フローラと共に時間を過ごし、身体を重ね合わせることができたほうがいいと主張したのですが」

クリスの主張の仕方が少し間違っていると思ったが、そう思っているのはフローラだけではないはずだ。

「うおっほん」

わざとらしく咳払（せきばら）いをしたノルトは間違いなくフローラの味方だろう。

「まあ、そういうことだ」

「フローラ。私もそろそろ引退を考えているからね。今のうちに君にいろいろと仕事を教えておきたい」

ブレナンの口から飛び出た引退という言葉。その言葉に目を丸くしたものの、彼の年を考えるとそれも妥当なところなのかもしれない。

「はい。よろしくお願いします」

「それで、だ。フローラ。君はこの国の施策の一つでそこのクリスと付き合っているわけだが、そろそろ結婚という話まできているのだろう？」

「はい」

「一か月休みを与えるから、さっさと家族に挨拶してこい。戻ってきたらこき使うつもりだから、そのつもりでいろ。上司命令だからな」

アダムの言葉に、フローラは「ありがとうございます」と頭を下げる。

「ということは、私もですね？」

クリスはノルトを見やる。

「ああ。ま、おまえたちの休暇は、陛下からの命令でもあるからな。ちなみに結婚式はそこにある礼拝堂で挙げることになっている。これも陛下からの命令だ」

ノルトが笑いながら言った。

「それに、おまえたちがうまくいけば、この施策も次から次へと進めるつもりらしい」

ノルトの視線がアダムを捉え、なぜかブレナンが、ははは っと笑っていた。


フローラはクリスを連れて父、ダミアンのもとを訪れた。父親には数日前に手紙を出していた。

フローラが生まれ育った家は、デトラース国の南の外れにある。今、この土地を治めているのはフローラの従弟だ。

子爵家の嫡男として生まれた父だが、騎士としても優秀だったため、現役時代かなりの武勲をあげた。それにより近衛騎士にまで抜擢され、引退後もそれなりの報酬を授かった。

田舎の屋敷であるため、さほど立派でもなく、使用人もごく限られている。

だが、フローラがその家を出てすぐに、ダミアンは跡継ぎのことを考えたようだ。ヘルム家の屋敷は甥に譲り、その離れに父親自身はひっそりと暮らしていると、手紙にあった。

父はフローラに戻ってこいとも戻ってくるなとも言っていなかった。家に縛りつけたくないという思いがあったのだろう。

「ただいま、お父さん」

「フローラか？　久しいな」

「手紙、きちんと読んでくれた？」

「ああ、もちろんだ。結婚したい相手がいるんだってな」

長く顔を合わせていなかったというのに、フローラもするすると言葉が出てきたし、父親からもフローラを避けているような感じもしなかった。

「どうしてもお父さんに会わせたくて。ええと、こちらの方です」

クリスのことをどう紹介したらいいのかわからなかった。数年ぶりに父親と会ったのに、いきなり結婚しますというのも、驚かせるのではないかと思っていたからだ。

「お初にお目にかかります。魔導士団副団長を務めております、クリス・ローダーと申します」

クリスの挨拶が思っていたよりもまともであったため、フローラは拍子抜けした。

「ローダー。もしかして、君の父親はあのセイジ・ローダーか？　元宰相の」

父の発言に、逆にフローラがびっくりしてしまう。クリスは元宰相閣下のご子息だったというのか。

「はい、そうです。ご存じでしたか？」

「いや、彼には世話になった。まあ、そこにかけなさい」

ダミアンに促され、二人は並んで座る。そして彼は昔から仕えている使用人にお茶を淹れるよう指示する。

ダミアンに仕えている使用人は老夫婦だけで、この二人しかこの離れにはいない。父親の世話だけならこの二人でじゅうぶんだ。

「それで、彼女と結婚をする許可をいただきたいのですが」

クリスが口にすると、父親は穏やかに笑った。

「私に反対する権利などないだろう。どうか娘を幸せにしてやってほしい」

「ありがとうございます」

「お父さん、ありがとう」

フローラの言葉にダミアンは微笑する。

「ローダー殿は元気にしているか？」

「父ですか？　そうですね、田舎の領地でのんびり暮らしております」

「確か、彼は東のほうに領地を持っていたはずだな」

「はい。ここからですと、馬車で半日程度ですので。ただ、結婚式は王都で挙げることになりますが、よろしいでしょうか？」

「ああ、もちろんだ」

そこで父親は嬉しそうに笑い、お茶を一口飲んだ。

「そうか。フローラの相手があのローダー殿の息子とは。何か縁を感じるな」

ダミアンの思わせぶりな口調が気になった。

「ところで、一つ。確認させていただきたいのですが」

そこでクリスが切り出した。

「なんだろうか」

「フローラの母親は聖人だった、ということで間違いないでしょうか」

父親が息を呑んだ。だが、すぐに深く息を吐く。

「そうだな。気づいたのか？　シーラはフローラの魔力を封じたはずだったのだが。いや、そうか……君と出会ったから、それが解けたのか……」

シーラとはフローラの母親の名前だ。

だが聖人として扱われていた母親は、資料の中でも聖人としか記載されていなかった。既に個人名さえも失っていたのだ。

「やはり、彼女の魔力を封じたのは母親だったのですね」

「どこから、話そうか。少し長くなるが、いいか？」

父親の言葉に、フローラとクリスは揃って頷いた。

ダミアンによれば、聖人がその力を失ったのはフローラを妊娠したからだった。

だが、それが公になっては堕胎させられるかもしれないと、彼女は心配していた。

当時の宰相で、クリスの父親でもあるセイジが、聖人を逃がすことに手を貸してくれた。

彼は、彼女の相手がダミアンだと気づいており、そして聖人とダミアンが想い合っていることを知っていたからだ。

セイジは周囲に二人の関係が気づかれぬよう計らい、ダミアンに「聖人がいなくなったのだから騎士を辞めて田舎に戻れ」としきりに勧めてきた。

力を失った聖人は、その魔力を探られることもなく、逃げたこの地でお腹の子を育みながらのんびりとした時間を過ごした。

聖人として王城で暮らしていたときとは違う暮らしを手に入れ、愛する者とその子を育みながら。

「だが、フローラ。君が生まれて、シーラの力がすべて引き継がれていたことにシーラは気づいてしまった。だから、シーラはしきりに君に謝っていた」

そのため母親はフローラの力を封じた。フローラの出産後、徐々に戻ってきたその力で。

しかし、その力を一生封じるというのは難しい。

だからシーラは、娘が本当に愛する人と出会うまで、という条件でその力を封じたのだ。

サミュエルと出会って少しだけ力が解放されたのも、あのときは彼に対する想いが少しはあったからだろう。そしてクリスと出会って条件が満たされたからに違いない。

父の話を聞き終えたフローラには思い当たる節があった。いつか、記憶に残っていないような夢をみたときだ。

「……私は、生まれてきてはいけなかった？」

ずっと聞いてみたかった。

生まれてきたことで母親を悲しませてしまったのではないだろうか。父の愛する人の命を奪ってしまったのではないだろうか、と。

「いや。シーラは君に会いたがっていた。むしろ、生まれてきてくれたことに感謝していた。それは私も同じだ。こういうことはなかなか照れくさくて言えないものだが。フローラ、君が生まれてきてくれて、私たちは嬉しかったよ。幸せだった」

ダミアンは優しく微笑む。

「だけど、私を生んですぐに、お母さんは死んでしまった」

「恐らく、聖人としての生活が長すぎたんだ。だから、フローラのせいではない」

フローラの手をクリスがそっと握りしめた。その手の上に、ポタリと涙が落ちる。

「まあ、私も男親だからな。娘とどう接していいのかがわからないというところが正直な気持ちだ。だけど、フローラ。君が私の話を面白がって聞いてくれて、それで騎士になりたいと言ってくれたときは嬉しかった。学園に送り出したまではよかったが、君の力が周囲に知られるようなことはないかとか、いろいろと考えてしまって。なかなか手紙も書けなかった」

頬に涙を伝わらせたまま、フローラは頷いた。

「だがこうやって、結婚したい相手を連れてきてくれたことは、本当に嬉しい。できればシーラにも会わせてやりたかった。しかも相手があの恩人である宰相の息子。これほど喜ばしいことがあるか？」

「ありませんね。やはり、私とフローラは生まれる前からこうなる運命であった、ということですね」

「ははは。さすがセイジの息子だけあって、面白いことを言う男だな。気に入った」

しんみりとした空気を吹き飛ばしてしまうのは、クリスだからこそできる技なのかもしれない。

父親は使用人に酒を準備させると、クリスと共に杯を交わし始めた。

「じゃ、わたしは何か食べるものを作ってくるわ」

フローラは老夫婦と一緒に厨房(ちゅうぼう)に向かい、料理を始める。クリスが父親に受け入れてもらえるかどうかが心配だったけれど、あの調子なら大丈夫だろう。

その日は夜遅くまで、笑い声が響いていた。

翌日は、クリスの父親のもとへと向かった。その場にはなんとダミアンもついてきた。

彼の父親はフローラを一目見て、聖人の娘であると気づいたようだが、それを口にするようなことはしなかった。

「結婚したいと思えるような人物に出会えてよかったな」

そうクリスに告げただけだった。

二十年ぶりに再会した双方の父親が何を語ったのか、クリスもフローラも知らない。ただ、夜遅くまで二人で杯を交わしていたようだ。

二人の結婚式は、王城にある礼拝堂で行われた。

純白のウエディングドレスに身を包み、父親と手を重ねて入場したフローラの手はクリスへと移る。いつもはローブ姿の印象が強いクリスも、結婚式では真っ白いタキシード姿であった。

祝福の鐘が鳴り響き、礼拝堂から出てきた二人にたくさんの祝福の言葉がかけられる。

目を潤(うる)ませながら国王は「おめでとう、おめでとう」とクリスの手を握りしめ、クリスは嫌そうに顔をしかめていた。その国王の手がフローラに移ろうとしたところを、ピシッと叩(たた)き落としたのはもちろんクリスだ。

宰相も満足そうに頷き、他の重鎮らも満ち足りた笑みを浮かべる。

ジェシカもアリハンス国から一時帰国し、ちゃっかりとフローラたちの結婚式に参列していた。もちろん彼女の隣にはアルカンドレの姿もあり、仲睦(なかむつ)まじい様子。二人はまだ婚約の段階ではあるものの、結婚に向けて着々と準備はすすめられている。

フローラはジェシカにブーケを手渡した。

「フローラ、おめでとう。隣にいるのがクリスというのが納得いかないけれど、あなたが幸せそうでよかったわ」

いつものクリスであればジェシカに一言くらい反論するところだが、そうなる前にフローラは彼の手を握りしめた。

「ジェシカ様ももうすぐですね」

「えぇ。その話もあるから、二人でこちらに来たのよ」

彼女がアルカンドレを見つめる眼差しも穏やかなものだ。

そんな二人の後ろにエセラが大柄な男性と二人で立っていたのも、フローラは見逃さなかった。

フローラの視線に気づいたエセラは軽く手を振っている。隣の男性がいい仲になった相手なのだろう。

祝いの場に駆けつけてくれた人たちに、丁寧に挨拶をしながら二人は歩を進めた。

少し離れた場所にサミュエルの姿があった。

目が合ったように感じた瞬間、サミュエルが深く頭を下げた。そんな彼の隣に寄り添う女性の姿があったことに、フローラの胸も熱くなる。

「フローラ？　どうかしましたか？」

「……いえ。ただ、幸せすぎて胸がいっぱいで」

「ええ、私もです」

そう言ったクリスがフローラを抱き上げると、ドレスの裾がふわりとなびく。

「わぁ」「きゃあ」といった歓声のなか、たくさんの花びらが舞い散った。

その後はクリスの屋敷でパーティーとなった。

さすがに国王の姿はなかったが「本当は来たかったらしいが、宰相にとめられていた」という話をブレナンから聞いて、クリスは心底嫌そうな顔をした。


屋敷内では宴(うたげ)が続いてはいるものの、フローラとクリスは先に下がらせてもらった。

それよりも二人には、これから大事な儀式がある。

「フローラ」

ぎしっと軋(きし)ませてクリスは寝台に膝をついた。

「クリス……？」

「これは、素敵ですね」

「ええ、ジェシカ様が結婚祝いにって贈ってくださったのだけれど」

フローラが身にまとっているのは肌が透けて見え、大事なところを隠すには心もとない夜着だ。

クリスが食い入るように見つめている。

「クリス。どうかした？」

「いいえ、どうもしません。これは憎たらしいですが王女に御礼を言わねば……」

そういう言い方は相変わらずだ。

「それよりもやっとあなたを抱けるかと思うと、気持ちが抑えられなくて」

ふふっと、フローラが笑った。

「クリスらしいわね」

「私のことを理解してもらえて、何よりです」

そこでクリスは、寝台の上にフローラと並んで座る。

「フローラ。一つ、あなたに伝えることを忘れていたのですが」

「何かしら？」

フローラが首を回して、クリスの顔を見上げた。二人の視線が絡み合う。

「私の母親は、私を生んですぐに亡くなったのですが」

「ええ。それは以前、聞いたわ」

「原因が私にあったと言ったら、あなたは私を嫌いになりますか？」

その言葉にフローラは首を傾げた。

「私の魔力が強すぎて、母親の生命力を奪ってしまったのです。本来であれば、生まれてから高める魔力ですが、極稀にその腹の中で魔力が高まってしまうことがあるそうで……」

クリスの力を、彼の母親は受け止めきれなかったそうだ。

「そう。それでもあなたのお母様は、それを知っていながらあなたを生んだのでしょう？　あなたのお母様が命をかけて生んだあなたを、どうして嫌いになることができるの？」

「ですが……もしかしたら、同じことがあなたの身に起こるかもしれない」

「ないわ。絶対に、ない」

それだけは自信をもって言える。

「どうしてそう言い切れるのですか？　私はあなたを犠牲にしてまで自分の子が欲しいとは思えない」

「でも、安心して。それは絶対にないから」

「なぜ？」

「だって、わたしは聖人の娘だもの。わたしを信じなさい」

ふふっと笑って、フローラはクリスの唇に自分の唇を重ねた。こうやってフローラから求めたのは初めてかもしれない。だがすぐにクリスに押し倒された。

「私は、人を愛することに臆病だったのです。私の存在が愛する者の命を奪うことになるのではないかと」

「ふっ……ん」

そんなクリスが愛おしく、フローラはもっと口づけをせがむ。

彼のしつこい口づけは嫌いではない。脳髄まで蕩けだすような、そんな心地よさがある。

フローラの夜着は胸の下をリボンで留めているだけのもの。口づけの合間にクリスの手はそこに伸びて、しゅるりとリボンを解く。

「んっ……」

名残惜しそうに唇を離すと、彼の視線は露になった乳房に向けられた。

「相変わらず、あなたはどこもかしこも美しいですね」

クリスも肌を合わせるために、自身がまとっていた衣類をすべて脱ぎ去る。

「あなたのここは、何度触れても心地よい」

両乳房に彼の手が添えられる。彼はたぷたぷと柔らかさを堪能した後、乳房を大きく口に含んだ。

「あっ……」

クリスの舌によって愛撫(あいぶ)される乳首は、次第に硬くなっていく。そのたびに官能の熱が刺激され、身体が彼を求め始める。

「ひゃっ……」

彼の手によって淫(みだ)らな身体に作り替えられていくのだ。

「やはり、あなたの身体は私を受け入れるようにできているのですね」

濡(ぬ)れそぼる乳首にふぅっと息を吹きかけられただけでも、感じてしまう。彼が欲しくて、勝手に蜜がこぼれてくる。

「こちらはどうなりましたかね？」

耳元でささやかれ、フローラは首をすくめた。淫らな自分にまだ慣れない。

クリスはフローラの膝を折ると、秘裂に舌をのばす。すでに濡れていた秘部はさらに蜜を溢(あふ)れさせ、唾液と混じってくちゅりくちゅりと淫猥(いんわい)な音を立てる。

「あっ……ん……」

恥ずかしい行為であっても、快楽が勝ってそれを受け入れてしまう。

クリスの舌が陰核を愛撫する。舐めてつつかれ食まれ、甘美な痺れに翻弄され腰がピクリと動く。

「んっ……」

熟れた身体が震え力が入る。クリスの指がぐちゅりと音を立てて入ってきた。ぐちゅぐちゅとかき回されると、腰が勝手に震えた。

「あぁっ……ンっ……あああぁ……」

フローラは軽く仰け反った。額にじんわりと汗を浮かべ息を乱して悶える。

「フローラ。そろそろ、あなたの中に入っても？」

クリスを見上げて、コクリと頷く。

「クリス、きて……あなたが欲しいの……」

フローラは両手を広げて彼の広い背に回す。

クリスは蜜でしっとりと濡れる入り口に昂りを突き当てた。何度か擦り合わせ淫乱な音を立てて、雄杭を突き入れる。

「あっ、ああ……」

二人で一つになることの喜びの声がこぼれた。

「あぁ……やはりあなたの中は気持ちがいい。動いてもいいですか？」

もちろんフローラは、目尻に涙を溜めながら首を振る。

クリスはフローラの両方の乳房に手を添え、そして一度腰を引いては奥に沈み込む。熱く熟れた肉壁は擦られるたびに彼に絡みつく。

彼はそっとフローラの腹の上に手を当て、熱っぽい眼差しで見下ろしてくる。

「ここに私が入っているのですね」

動きを止めぐぐっと腹の上を押されると、中にいるクリスを意識してしまう。

「んあっ……、あっ……、んん……」

今までと違う快感がフローラの中を駆け抜けていく。入ったところを押されたことなど今までなかった。不安定な足をクリスの背に回す。

「……くっ……。そんなに締めつけないでください」

顔を歪めたクリスが、腰に手を回してきた。

ゆっくりと身体を揺すり始めるが、次第にそれも激しくなる。逃げ場のないフローラの腰に幾度となくその熱杭を打ちつけた。

「ふぁっ……ん、……は、ああ……」

律動が速まり、絶頂へと押し上げられていく。全身が戦慄き、しっとりと汗ばんだ身体から力が抜ける。その肉壁は痙攣して、絶妙な動きがクリスを絞り上げた。それでもクリスは動きを止めず、昂る欲望と共に奥へと叩きつけた。

「んっ……」

フローラを何度か高みに導いた後、クリスが奥で欲望をすべて吐き出した。

「愛してる、フローラ」

クリスが額に優しく口づける。

「わたしも、愛してる。わたしと出会ってくれてありがとう」

フローラの目尻には、うっすらと涙が浮かんでいた。

エピローグ

こうして、国をあげて行う政策によって付き合いを始めた二人は、無事に結婚までいきついた。

どうやら二人の間には、新しい命も宿っているらしい。

第一号がうまくいったのであれば、次に繋げたくなるのが政策、いや人の欲というものだろう。

そして貴賓室に呼び出された男女が一組。目の前には宰相と国王が座っている。

「そなたたち二人が、なぜここに呼び出されたのか。それを説明しなければならないな」

国王はゆっくりと口を開いた。

この国の現状、子孫繁栄の問題、さらに先日追加で行われた百の質問。すでに四百九十五の質問に回答しているから、合わせて五百九十五の質問に答えたことになる。

それからこの施策の内容とそれによって生まれたカップルが結婚をし、今では幸せに暮らしているということ。

また、相性率が変化するということもわかったため、追加で質問と面談を行った経緯。

この施策における第一号が魔導士のクリスと魔法騎士のフローラであることを聞かされた女性は、

目を丸くした。

「それで、だ。以前行った四百九十五の質問と追加の百の質問から、相性の良い男女の組み合わせが再び生まれた」

男がピクリとこめかみを震わせた。

ここまできたら、誰だってその先の展開を予測できるだろう。

「その結果。アダム・パターソン、シャーラン・スミス。そなたたちの組み合わせが相性率九十五パーセントという驚異の数値を叩(たた)き出した」


【完】

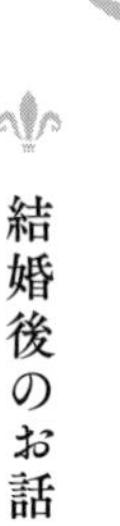

結婚後のお話

肩の荷が一つおりる

国王の執務室にて。

いつものメンバーがそれとなく集まっていたのは、国の政策によって付き合いを始めた二人が結婚をしたのが理由だ。

「それにしても陛下。第一号が成功してよかったですね」

宰相がからりとした声で言う。

「統計学というのも悪くはないようだな。あの結婚式はよかったなぁ。だが、披露パーティーに参加したかった」

しょんもりとした様子で国王が言えば、宰相は「まぁまぁ」と宥める。

「それよりも陛下。あとは彼らの遺伝子を後世に残してくれるのを待つだけです」

「だからといって、今、彼女に抜けられては非常に困るのですが」

仏頂面のアダムがやっと口を開いた。

「結婚はいい。ですが、その先についても計画性を持っていただきたい」

アダムを鎮めるかのようにノルトが割り込む。

「まあまあ、そう言いなさんな。クリスは別にフローラ嬢が仕事を辞めることを望んでいるわけではないさ。それにあの二人を見ただろう？　どのような状況下におかれても、幸せそうな二人の姿をさ」

アダムは舌打ちした。どう見ても分が悪いのはアダムだ。ここにいる者たちは、二人の関係を受け入れ、その仲がさらに進展することを望んでいる。これ以上進展して、どうするのだとも思うのだが。

「フローラにはまだまだ魔法騎士として活躍してもらう必要がある。だから、クリス殿には自粛していただきたいものだな」

「自粛ってなんのだ？」

アダムが呟けば、ノルトがニヤニヤしながら尋ねてきた。

「知ってて聞いてるんだろ」

わざわざ確認する必要があるのかと、アダムは言いたかった。

「女性騎士は貴重なんだよ。それに彼女は魔法騎士だ。この貴重性がわかるか？」

アダムにとってのフローラは妹のような存在であり、サミュエルは優秀な部下だった。だからこそ二人の仲が深まり、結婚した暁には祝辞を送らなくては、と勝手に妄想していたのだ。

それなのにフローラが選んだ相手は憎きクリス、いや、憎いというのは語弊がある。アダムとしてはあまり関わりたくない相手なだけで。

クリスと共に魔獣討伐へ赴いた部下からの愚痴、会議などにおける彼の態度と発言、どれをとっても彼に対するいい印象はない。

そんな男と可愛がっていた部下が結婚した。それも相性率九十五パーセントというわけのわからない数字に翻弄されて——と、少なくともアダムはそう思っている。

「まぁ、あのクリス殿では……自粛は無理だろうな」

そこでブレナンが割って入った。

「おいおい、ブレナン。君まであのクリスに手懐けられてしまったのか？」

アダムのほうが一回り以上も年下にもかかわらず、ブレナンにそのような態度で接することができるのは団長という立場にあるからだ。

「手懐けられたという表現はいささか間違っているな。彼をフローラの相手として認めた、が正しい。理想を求めるのもいいが、現実を受け入れる力も必要だ。団長とはいえ、まだまだ青二才だな」

ブレナンが余裕じみた笑みを浮かべれば、アダムは舌を打つ。

「それよりもアダム。こうやって部下が結婚したわけだ。そなたは結婚に興味はないのか？」

国王にそう尋ねられ、アダムははっとする。

国王と宰相は愛妻家として有名で、ノルトもブレナンも既婚者だ。

「興味があって結婚できるのなら、あのような施策など不要ではありませんか？　俺のことよりも、部下らをなんとかしてください」

フローラが結婚し、エセラがアリハンスへ行ってしまったことで、若手の男性騎士の嘆きが高まっているのだ。

「あいつらに付き合う俺の身にもなってくださいよ……」

彼らの気を紛らわせようと、仕事終わりに酒場に連れ出すこともあるが、そこでもぐちぐちと始まり、アダムはそれに適当に相槌を打ち、励まして酒を呷る。

「まあ、あれだ」

そこで国王はパチンと手を叩いた。

「第一号がうまくいったのであれば、そろそろ第二号の準備もしなければならないなぁ。そうすればそなたの部下らも安心するだろう？」

その言葉に「そういうことですね」と宰相も嬉しそうだ。

「ここはアダム。君に期待したいところだな」

国王がわかりやすく伏線を張ってきたものの、それにアダムが気づくはずもなかったのだった。

その後のお話

三つ子のたましい百まで

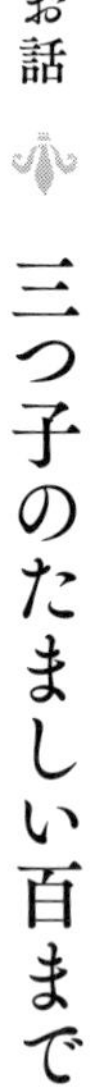

クリスが加減を知らないからなのか、いつの間にかフローラは六人の子どもに恵まれていた。

一人目は男の子だった。

二人目も男の子だった。元気ならば男女どちらでもいいとは思いつつも、幸せであれば欲が出てくる。

三人目は女の子がいいな、と思っていたら三人目も男の子だった。

四人目はと思っていたが、これまた男の子。

そして五人目になると、どちらでもいいやと思えてきて、やっぱり男の子。

六人目もどっちでもいいやと思っていたら、やっと六人目にして女の子が生まれた。

これに喜んだのはフローラよりもクリスのほうかもしれない。

何しろ五人の息子(むすこ)たちは困ったことにクリスにそっくりなのだから。

そして、たまにやって来るクリスの父親であるセイジは、孫たちから大人気だった。親バカならぬ爺(じじ)バカを発揮しているためか、クリスが好きだったという甘いお菓子をたくさん手にして遊びにくるのだ。

それらは仕事で不在にしているクリスの口に届く前に、子どもらによって消費されてしまう。

「また来たんですか？」

仕事から戻ってきたクリスは、エントランスでいるはずのない父親の姿を見つけるとすぐに、その言葉を口にした。

「フローラも一人では大変だろうと思って、な」

その言葉がどこか言い訳らしく聞こえる。

孫に会いに来た――その一言を誤魔化すための策だろう。

「子どもたちは然るべき人にみてもらっていますからね。それでも、子どもたちがフローラを好きなことに変わりはありません」

クリスにとってフローラが子どもたちに好かれていることは、自慢すべきことである。

「だから、だ。なぜあの子たちはお前に懐かないのだ？」

「ふむ、なぜでしょうね？」

それはクリスが心から思っていること。

セイジの指摘通り、なぜか子どもたちはフローラにべったりと甘えていた。

だからこそクリスは子どもたちに「甘えるな」と言って、フローラから引き離そうとする。

それこそが、子どもたちがクリスに懐かない理由でもあるのだが、クリス本人はそれにすら気づいていない。

「ああ、父さん。もし帰るのであれば、どれでも好きな子を連れて帰ってもらってもいいですよ。ですが、ジェニファーはダメです。彼女以外でしたら、スタンでもヘイデンでもケビンでもディーンでもデニスでも、どれでもどうぞ」

「どれでも、って。おまえなあ……」

間違いなくクリスのこういうところがダメなのだ。

「父さん。僕、じいちゃんの家に行くなら、母さんも連れていくから。それなら、行くよ」

どこからともなく現れた長男のスタンが話に入ってきた。

「ボクも。母さんと一緒にじいちゃん家にいく」

次男のヘイデンまでもがやって来た。

「ぼくも」

三男のケビンが続けば「ぼくもー、ぼくもー」と四男のディーンと五男のデニスまでもが言い出す始末。

いつの間にか子どもたちがわらわらと集まっている。

本当にどこから湧いて出たのかと、クリスは思う。

その騒ぎを聞きつけてやって来るのは、長女のジェニファーを抱きかかえたフローラである。

彼女は今、魔法騎士としての仕事を休んでいる。ジェニファーがもう少し大きくなってから仕事に復帰する予定だ。

フローラの妊娠がわかるたびに、団長のアダムは苦虫を噛(か)み潰したような顔をしていたが、そんな彼も結婚してからは、だいぶ丸くなった。

「あらあら。男同士で何を楽しそうに話しているのかしら？　お帰りなさい、クリス。みんな、お父さんにお帰りなさいをしましたか？」

フローラがそう言えば、子どもたちも渋々と「おかえりなさい」と口にする。

特にヘイデンの口の端がふるふると震えていることにクリスは気がついた。

「母さん。父さんが、じいちゃんの家に行ってこいって。ねえ、母さんも一緒に行こう？」

あらあら、困ったわね。とフローラは子どもたちを見回している。

「じゃあ、今度。みんなでおじいちゃんの家に遊びに行きましょうね」

フローラが言う。

「でも、父さんは仕事が忙しいみたいだし、父さんはいなくていいよ」

次男のヘイデンがそんなことを言う。

「むしろ、君たちだけで行ってきなさい。まだジェニファーが小さいんだ。フローラはそんな遠くには行かない」

子どもたち相手にムキになっているクリスだが、これはいつものこと。むしろ、そろそろ十歳になる長男のスタンのほうが大人なのかもしれない。

「父さんはいつもこれだから。母さんのことが好きなのはわかるけど、もう少し大人になったらどうなのさ？」

スタンが肩をすくめる。

それに対してクリスは何も言えない。事実だからだ。

「さあさあ、みんな、お夕飯にしましょうね」

フローラが言うと、子どもたちは祖父であるセイジの腕を引っ張って食堂へと向かう。それを率先して行っているのが長男のスタンであるから、彼はクリスよりも空気を読む力があるのかもしれない。

「フローラ」

ふと、クリスは妻の名を呼んだ。

「何？」

「子どもたちだけでなく、私もかまってください」

「まあ」

彼女は可愛(かわい)らしく笑い、彼の頬に軽く口づける。

「フローラ、口づけはこちらにしてくださると嬉(うれ)しいのですが」

クリスは右手の人差し指で自分の唇を指差した。

「そこにすると、クリスの場合はそれだけでは終わらないでしょう？　ジェニファーもいるのに」

フローラはジェニファーをクリスに預ける。

すやすやと眠っていた幼子がクリスの腕に渡った途端、顔を歪(ゆが)めた。そして、ふえ、ふえ、と変な声を上げる。

「私は、ジェニファーにも嫌われているのでしょうか」

「まさか、何を言っているの。こうやって抱っこしないと。ジェニファーだって不安なのよ」

フローラが抱き方を教えると、クリスはおどおどとその通りにする。何度抱いても抱き慣れないのが赤ん坊というもの。

「なかなか慣れませんね。慣れるためには、もう一人、子どもがいてもいいかもしれません」

クリスのその言葉にフローラは「バカ」と笑って呟(つぶや)いた。

あとがき

はじめまして、澤谷弥（さわたにわたる）です。

このたび『国をあげて行う結婚政策によって95％の相性から付き合い始めた魔導士と女騎士のお話』をお手にとっていただきありがとうございます。本作品は、ありがたいことに２０２４ｅロマンスロイヤル大賞で金賞を受賞した作品となります。

ただ、実際に書いたのは今から三年前。異世界にマッチングアプリがあったら、と思ったのがきっかけです。異世界設定なので魔法を使った道具・魔導具などを用いるのもありかなと思いつき、そこからマッチングアプリの原理を考えたときに、無難に統計学という設定のほうがいいのでは？という流れでたどりつきました。

ムーンライトノベルズでの連載時は『国をあげて行う政策によって付き合いを始めた二人のお話』という現代か異世界かわからないタイトルでしたが、書籍化にともないまして異世界ファンタジー感ましましのタイトルに変更いたしました。

ヒーローのクリスは変わり者でマイペース。こんな人間が自分の職場にいたら、ぶん殴りたくなりますが、それをまるっと受け入れる広い心の持ち主のヒロイン、フローラ。彼女も心のどこかに闇を抱えています。

そんな二人が出会って、波乱を乗り越えてハッピーエンドなお話ではあるのですが、本作の裏テーマは「みんな幸せ」で書いていました。それもあり、サブキャラにもできるだけ「ざまぁ感」を与えないようにしています。

サブキャラの中でも際立っているのがヒロインの元カレ、サミュエルかと思います。完全に当て馬キャラなのですが、典型的な無自覚自己中ダメ男です。そしてなぜか苦労人の騎士団長アダム。いつかはこの二人にも素敵なお相手が見つかるといいのですが……。

というわけで、この二人、もしくは他キャラのお話も読みたい！　と思った皆さま、このページの裏（?）にある「ファンレターの宛先」の住所宛てに、ご感想、リクエストなどを送っていただけると、サミュエルとアダムが幸せになるかもしれません。

最後に謝辞を。

本作に素敵なイラストを描いてくださったのは八美(はちぴす)☆わん先生です。変人ヒーローを麗(うるわ)しく描いていただきました。ありがとうございます。

それからコンテストで本作を読み、講評くださった関係者の皆さま、書籍化作業に携わってくださったすべての関係者様に御礼を申しあげます。

そして本作をお読みくださった皆さま、本当にありがとうございました。

またいつか、皆さまとお会いできる機会がありますように。

澤谷弥

本書は「ムーンライトノベルズ」(https://mnlt.syosetu.com/top/top/)に
掲載していたものを加筆・改稿したものです。
この作品はフィクションです。実在の人物・団体・事件などにはいっさい関係ありません。

●ファンレターの宛先
〒102-8177 東京都千代田区富士見 2-13-3 株式会社KADOKAWA eロマンスロイヤル編集部

国をあげて行う結婚政策によって95%の相性から付き合い始めた魔導士と女騎士のお話

著/澤谷 弥

イラスト/八美☆わん

2025年3月31日 初刷発行

発行者 山下直久
発行 株式会社KADOKAWA
〒102-8177 東京都千代田区富士見2-13-3
(ナビダイヤル) 0570-002-301
デザイン 小石川ふに(deconeco)
印刷・製本 TOPPANクロレ株式会社

●お問い合わせ
https://www.kadokawa.co.jp/ (「お問い合わせ」へお進みください)
※内容によっては、お答えできない場合があります。
※サポートは日本国内のみとさせていただきます。
※Japanese text only

ISBN978-4-04-738292-3 C0093 ©Wataru Sawatani 2025 Printed in Japan
定価はカバーに表示してあります。